チートなタブレットを持って快適異世界生活

8

ちびすけ
CHIBISUKE

Illustration
ヤミーゴ

ライ
雷を使う使役獣。
最近、『ラスディート』に
進化した。
フェリス
ケントが所属する
パーティ「暁」で
リーダーを務める、
美人エルフ。
ハーネ
風魔法を得意とする
ケントの使役獣。
最近、『ウィンドフォット』
に進化した
クルゥ
「暁」の
メンバーの少年。
耳にした者を操る
「魔声」を持つ。
ケント
異世界に迷い込んで
しまった本編主人公。
タブレットに搭載された
便利アプリに助けられ、
異世界生活を楽しむ。
イート
何でも食べる
不思議な使役獣。

CHARACTERS
登場人物紹介
グレイシス
「暁」の一員にして、ケントの魔法薬師としての師匠。
カオツ
フェリスに引きずり込まれる形で「暁」に加入した、ケントの先輩冒険者。口調は荒いが、仲間思い。
ケルヴィン
「暁」の一員。生真面目で怖そうだが、実は面倒見がいい。
ラグラー
一見チャラいが実は頼れる、お兄さん的存在な「暁」の一員。

魔草探し

僕、山崎健斗《やまざきけんと》はある日突然、気が付くと異世界にいた。

どうしたものかと途方《とほう》に暮れたが、なぜか持っていたタブレットに入っていた様々なアプリのおかげで、快適に過ごせそうだということが判明する。

冒険者となった僕は、エルフのフェリスさんがリーダーをつとめる冒険者パーティ『暁《あかつき》』に加入して、使役獣《しえきじゅう》を手に入れたり、魔法薬師《まほうくすし》の資格をゲットしたりと、楽しく過ごしていた。

この前は、『暁』のパーティメンバーであるカオツさんと魔法薬師のグレイシスさんがダンジョンで行方不明になったという話を聞いて、皆騒然《そうぜん》となった。

実は、そのダンジョンは幼い魔獣を可愛《かわい》がってくれる冒険者を閉じ込めてしまうという不思議な場所だった。でも、フェリスさんと仲がいいチェイサーさんという力強い助《すけ》っ人《と》のおかげもあって何とか救出することに成功する。

それから、『暁』のメンバーと面識がある皆を呼んで大規模なバーベキューを開催したんだけど、そこでフェリスさんの気まぐれなリーダー命令が飛び出した。そのせいで、僕を含めた『暁』の皆でAランクに昇格する試験を受ける羽目になってしまう。

僕が飛ばされた場所は、『王無き慟哭の廃墟《おうなどうこくはいきょ》』というダンジョン。

昇格試験の討伐対象は五種類で、そのうちの『腐狼《ふろう》』と呼ばれる魔獣は無事倒すことに成功した。

進化した使役獣のライやハーネ達の力も借りれば、きっと攻略出来ると思うんだけど……

若干の不安を感じつつ、昇格試験二日目が始まった。


「うん、今日も相変わらず曇《くも》り空だ」

昨日の夜はひどい突風だったから、周りが滅茶苦茶《めちゃくちゃ》になっているかもと思っていたが……何も変化がなかった。

蜂《はち》の見た目をした使役獣であるレーヌから聞いた話では、このダンジョンでは『夜《よる》』になるととんでもない強風が起きるらしい。でも、明けると何もなかったかのように元通りになるという。

ダンジョンならではの不思議な現象だよね。

「今日も一日頑張ろう！」

爽《さわ》やかさは一切感じない曇り空を見上げながら、両頬《りょうほほ》を叩《たた》いて気合を入れる。

力を入れすぎたかと、ヒリヒリする両頬を撫《な》でている僕の横では、レーヌが仲間達に命令を下していた。

《お前達、我が主《あるじ》のために情報を集めてくるのだ！》

周囲の木々に隠れていた彼女の家臣《かしん》の蜂達――大勢のアーフェレスティスが地上から一気に空高くへと舞い上がり、あちこちに散っていく。

「よろしくね～」

僕はその後ろ姿に手を振った。

それからライを呼んで大きくなるようにお願いしてから、鞍《くら》をつける。

ハーネ達と一緒にライの背に乗って、足音と気配を消す魔法薬を使った。

僕はタブレットに表示される周囲の魔獣の状態を教えてくれるアプリ――『危険察知注意報《きけんさっちちゅういほう》』の画面を確認する。そんな僕の頭上で、ハーネとエクエス――レーヌの家臣の一人――も低空飛行しながら、辺りを見てくれている。

魔獣のイーちゃんは、レーヌと一緒にライの頭の上で楽しそうに周囲を見ていた。

この魔獣は以前、カオツさん達を助けたダンジョンで、偶然僕のフードに入ってついてきてしまった子だ。

正直、自分でもこの子が何かは分からない部分が多いんだよなぁ。

ライに乗ってしばらく走っていると、森の中から開けた場所に出てきた。

空を飛んでいるハーネが、前方に少し行った所に廃墟《はいきょ》と化した街が見えると教えてくれる。空から安全そうな道を案内してくれるハーネとエクエスに従って、僕達は街を目指して進んだ。

最初に訪れた場所とは違って、今回は背の高い建物が目立つ。

街に入りながら空中に浮かぶ画面に目を向けると、魔獣や魔草《まそう》の反応もちらほら確認出来た。

これらは必ずしも倒さなければならないわけではないので、こちらに害がなさそうなものは極力放置だ。

だが、中には魔法薬の材料になりそうなものもいるので、そういう場合は余裕があれば採取している。

ここのダンジョンの魔草やら魔獣を材料に使うと、良質な魔法薬を作れるらしい。

「うおぉぉ……やばい、めっちゃ高く売れる魔法薬の素材が、ここだけでもかなりあるんだけど!」

魔法薬師協会で発行されている、素材の買取料金表を腕輪の中から取り出しながら、僕は周囲を見回した。

アーフェレスティス達に教えてもらった情報を確認していると、主に魔草系が良い値段で売れることに気付いた。

なぜ高く売れるものが多いのかと言うと……あまり採取する人がおらず、希少価値が高いかららしい。

それらはギルドで討伐対象になるような魔草ではなく、Bランク以下の冒険者が採ろうとしても見つけるのに時間がかかり、倒すのも手こずる。

一方、Aランク以上の冒険者は他に実入りが良い仕事があるので、わざわざ魔草を採りに行くことはない。

だから、質が良い状態で採取出来る冒険者がかなり限られるようで、それゆえに価値も高い。

僕の頭の中でチャリーン！　とお金の音が鳴った。

「皆、ここは手分けして周辺にある魔草を手に入れよう！」

《試験の魔獣は探さなくてよいのか？》

僕の言葉を聞いたレーヌが心配そうに尋ねた。

「試験終了までは時間もかなり残っているし、大丈夫だよ」

僕の試験の心配までしてくれるレーヌさん……なんて主人思いの使役獣なんだ。

そう思いながら、僕は皆に指示を出していく。

「ハーネとライの二人には、ここから北に一キロくらい離れた場所にある『フェインゼロ』っていう魔草を採ってきてほしい。材料になるところは花と根の部分だね」

《はーい！》

《ご主人！　ライはこのフェインゼロって魔草知ってる！　いっぱい採ってくるから、期待して

て！》

「本当？　出来れば魔法薬の素材として使うから、状態が良いものだと嬉しいかな」

《任せて！》

そう言い残して、ライを尻尾に巻き付けたハーネと数匹のアーフェレスティス達がフェインゼロがいる方向へ飛び去っていった。

僕がライ達に手を振って見送っていると、大勢のアーフェレスティス達を連れたエクエスが僕の前にやってくる。

「双王《そうおう》様！　ご命令を！」

エクエスにとってはレーヌが同じ種族としての主なんだけど、そのレーヌの主である僕も同等に忠誠《ちゅうせい》を誓《ちか》っているという意味を込めて、「双王」と呼んでくれる。

「じゃあ、エクエスとアーフェレスティスの皆さんは、ここから南に三キロ先にある『リンフローグ』の採取をお願いしたいと思って――」

《リンフローグですね！　あいつらなら何度か獲《と》ったことがあるのでお任せを！　よし、お前ら俺に付いてこい！》

「あ……」

《まったく、せわしない奴だ》

僕が話している途中で、エクエスが飛び去っていく。

レーヌはその様子を見て呆《あき》れていた。

いや、どの部分が必要か分かってるのかな？

僕の心配を見透《みす》かしたかのように、レーヌが溜息を吐《つ》く。

《あ奴なら、花から根の部分まで全てを持ってくるであろうな》

僕も多分そうなると思うと同意した。

気を取り直して、僕はレーヌに声をかける。

「それじゃあ、僕とレーヌ、それにイーちゃんの三人で、ここから少し離れたところに『レーパースァ』と『ネル』を採りに行こう」

《そうだな》

《ぅ～？》

まだ眠たそうなイーちゃんを肩にのせて、僕達は歩き出した。

森と違って、街中は道が一応舗装《ほそう》されている。けれど、廃都市なだけあって部分的に欠けていたり大きく破損《はそん》していたりして、油断していると転んで怪我《けが》しそうだ。

足元に気を付けて歩きつつ、これから手に入れる魔草の情報を持っているというレーヌから話を聞いた。

レーヌの話では、『レーパースァ』は強力な神経毒を持つ魔草で、倒した後も素手で触るのは絶対やめたほうがいいとのことだ。

倒し方を聞くと、まずは魔法薬でもなんでもいいので魔草を〝眠らせる〟。それから、毒系専用の防護手袋で収穫するのだとか。

地面から引っこ抜くだけで倒せるらしいので、毒にさえ注意すれば大丈夫かな。

以前毒を持った魔草を採取したことがあるから、防護手袋は準備済みだ。

今のうちに腕輪から出しておこう。

そしてレーヌが続けてアドバイスしてくれる。

《あまり知られていないが、出来上がった回復系の魔法薬に『レーパースァ』の毒液をほんの一滴垂らすだけで……回復効果が倍に跳ね上がる》

「えぇっ、そうなの⁉」

《あぁ。ただ組み合わせには気を付けないといけない。場合によっては、回復魔法薬が強烈な猛毒に早変わりすることもある》

「うへぇ～」

タブレットの『魔法薬《まほうやく》の調合《ちょうごう》』を開けば、組み合わせてもいいものが分かるかなと思ったけれど、検索しても答えは見つからなかった。

もし試すならレーヌさんと魔法薬師の師匠《ししょう》であるグレイシスさんに監修《かんしゅう》してもらって、作ってみようかな。

《それと、『ネル』は〝煩《うるさ》い〟魔草だな》

「ん？　煩いってどういうこと？」

《何を喋《しゃべ》っているのかは理解出来ぬが、キーキーキーキーと変な音を鳴らして喧《やかま》しくてな。ただ、何百何千とある花の中に一つだけある『中心花《ちゅうしんか》』の花粉には、討伐対象の一つである『ジンクヴィーダー』を弱らせる効果がある》

「えっ、本当⁉」

それは是非とも手に入れたいな！

もし会話が可能なら、以前手に入れた新アプリ――魔草と喋れるアプリを使って、交渉してみよう。花粉を譲《ゆず》ってもらえるかもしれない。

イーちゃんはまだ眠いのか、いつの間にか肩から僕のフードの中に移っていた。

どんなに激しく動いてもフードの奥にすっぽりハマるようにして寝ているので、安全のためにもそのまま眠っていてほしい。レーヌに案内をしてもらいながら魔草がいる方向を確認すれば、画面で見るよりかなり距離が離れていた。

こういう時は、魔獣の一部を自分につけることでその能力を一時的に得られる『魔獣合成《まじゅうごうせい》』というタブレットの別アプリを使おう。

ハーネの翼《つばさ》を生《は》やして空を飛んでいけば、地上を走るより早く着くからね。

ハーネの鱗《うろこ》を使用した瞬間、僕の背中に翼が生えた。

レーヌが僕の肩に座ったのを確認してから空を見上げ、ぐっと膝《ひざ》を曲げて地面を蹴《け》る。

一瞬にして、僕の身体は空高く浮かんでいた雲と同じ高さに浮いていた。

「昨日も思ったけど、ハーネが進化したからなのか……やっぱり翼が大きくなった感じがあるし、機能も向上している気がするなぁ」

進化したハーネから鱗をもらった時に、以前使用したものよりも大きく艶《つや》も増しているのに気付いていたけど……

まさか使用時の効果もこんなに変わるなんて思わなかった。

進化って本当にすごいんだなと感心しながらも、高度を下げて低空飛行で移動を開始した。あまり高いところを飛んでいると、別の魔獣に目を付けられる可能性があるからだ。

飛んでいる最中、眼下には数種類の魔獣や魔草の群れが見えた。

もし地上を移動していたらあれらの相手をする必要があって、目的の場所に着くのにものすごく時間がかかると考えると、『魔獣合成』して正解だったな。

空中に浮かぶ画面を見ると、目的の魔草『レーパースァ』の近くまで来ているのが分かった。

そこから五百メートルくらい離れた場所に降り立つと、周囲は大きな庭がついた住宅が並んでいるエリアだった。

家同士が密集しているような所じゃなくて、一軒一軒が広くて、貴族が住んでいそうな佇《たたず》まいだ。

辺りを見回していると、何かが腐ったような異臭が鼻をついた。

「うぷっ……なんだろう、この臭いは」

あまりの刺激臭で、僕は涙目になりながら袖《そで》で鼻と口元を押さえる。

それから臭いの原因を見つけようとすると、僕の肩から空中に浮かんだレーヌが横から説明してくれる。

《これは『レーパースァ』自身が出す臭いだな》

「えっ、こんな離れた場所にまで〝臭い〟が届くなんて……近くまで行ったら、もっと酷《ひど》いんじゃ……」

《うむ。あ奴の臭いはそれなりに強い魔獣でさえも近寄れんことがあるほどだからな》

「すごぉ～」

鼻を押さえつつ相槌《あいづち》を打ち、僕は先へ進んだ。

悪臭で強い魔獣を撃退するなんて、地球で言うスカンクにちょっと似てるな～と思いながら、臭いを緩和《かんわ》させるために鼻呼吸から口呼吸に切り替える。

それから腕輪の中から目的の魔法薬を探して取り出す。

これは『点鼻薬《てんびやく》』で、この魔法薬を鼻の中に入れたら、どんな酷い臭いも瞬時に消えるという優れものだ！

ただ、一回あたり三十分しか効果が持続しないのと、一回使ったら次の使用までに最低でも二時間は間を空けなきゃならない。

さらに、他の魔法薬と一緒に使えないのも欠点だ。

つまり、これを使ったら三十分で『レーパースァ』を倒さなきゃならないということになる。

毒液を採取する時間を考えたら、もう少し早めに終わらせないと。

「レーヌ、『レーパースァ』の効率のいい倒し方ってある？」

《ふむ。まずは我が配下達で『レーパースァ』の気を引く。そこを我が主が氷系の魔法か何かを使って、奴の動きを止めるのだ。最後に茎《くき》の先端に咲いている花を全て切り落とせば倒せる》

「なるほど。ちなみに、『レーパースァ』の毒はレーヌ達には効かないの？」

《『レーパースァ』の毒に限らず、我らはここら辺に咲いている魔草の毒に耐性があるから、なんの脅威《きょうい》にもならない》

「本当!? すごいね！」

《ただ、特殊ダンジョンや上級ダンジョンの最深部に咲いている魔草の毒は、我らにとっても危険であるな》

「分かった、覚えておくね」

《うむ。さて、それじゃあ我が主。どのように攻めるか決まったか？》

「この方法でいこうと思うんだ」

僕はそう言ってから、腰に佩《は》いていた剣を鞘《さや》から引き抜き、腕輪の中から魔獣『ヴォラフロム』の牙《きば》を取り出した。

ヴォラフロムは、全体はイタチのような見た目をしているが、手だけがカマキリみたいになっているという変わった魔獣だ。

口から火を噴き、手についている鋭《するど》い刃先で斬り付けると、相手をカッチコチに固まらせてしまう能力がある。

今回僕が『魔獣合成』のアプリで使いたいのは、この『氷』系の能力だった。

腕輪から取り出した『ヴォラフロム』の牙を手の甲に置くと——

「おぉっ、すごい！」

握っている剣の刀身がうっすらと氷に覆われるように徐々に変化していく。

地面を剣でつつくと、刃先が触れた部分の石や土、それに草がパキパキッと音を立てて凍り付いた。

それを見たアーフェレスティス達の内の一匹が凍った石に近付き、お尻の針をツンツンと当てると、石は粉々になって砕け落ちた。

「うわっ、初めて使ったけど、この能力は強そうだな」

これなら魔法薬の効果が切れるまでに倒せそうだ。

「それじゃあレーヌ、行くよ」

《――お前達、行《ゆ》け！》

僕が点鼻薬をさしてから『傀儡師《くぐつし》』のアプリを起動するのと同時に、レーヌはアーフェレスティス達に指示を出す。

周囲に隠れていたアーフェレスティス達が、一斉に『レーパースァ』へ向かっていった。

空中に浮かぶ画面で周囲に危険な魔獣や魔草が近くにいないことを確認してから、僕も『レーパースァ』がいる場所へ向かった。

『レーパースァ』がいる所へ目を向けると、アーフェレスティス達が僕が走る方向とは真逆へ来るように誘導しているところだった。

めっちゃ臭くて猛毒を持つ魔草っていうから、どんな奇怪な見た目をしているのかと思えば……綺麗な紫陽花《あじさい》に似ていた。

大きさは縦一メートル、幅が七メートルほどの紫陽花が群生している感じだ。

色とりどりの紫陽花の花だけを見ていれば、綺麗だなぁ～という感想で終わったんだけど、茶色い毒の液体を空中にいるアーフェレスティス達に向かって噴射《ふんしゃ》するのを見て、考えを改める。やっぱりあれも魔草だなぁ。

そんなことを考えながら接近していると、いつの間にか『レーパースァ』との距離は目と鼻の先くらいになっていた。

崩れかけの岩を駆け上がってそのままジャンプした後、僕はアーフェレスティス達に意識が集中している『レーパースァ』の一番後方にある花を斬り落とした。

地面に落下した花と切り口近くの茎が、一瞬にして凍っていく。

そのまま僕は『レーパースァ』の意識がこちらに向く前に、周囲の花々をどんどん斬っていく。

斬りながら『レーパースァ』をよく見ていると、毒液を噴射していたのは花の部分ではなく、茎の部分にあるコブだと分かった。

万が一毒液が当たると大変なので、花を斬るだけじゃなくてコブの部分も一緒に斬る。

途中で『レーパースァ』の毒液をまともに食らったアーフェレスティス達を回収して、魔法薬での治療の時間も挟みつつ、その後も少しずつ花を斬り落とした。

空中に表示されているタブレットの画面に目を向けると、点鼻薬を使用してからすでに二十分が経過していた。

凍っていない花の部分も残り僅《わず》かだし、このペースなら時間内には終わりそうだ。

それから数分経って、最後の花をスパッと切ってから、僕は額《ひたい》を拭《ぬぐ》う。

「ふぃ～、終了したぞ！」

花の部分を斬るだけなら楽だったけど、いろんな場所から飛んでくる毒液が厄介《やっかい》だった。

それに、毒を受けて地面に墜落《ついらく》したアーフェレスティスを救助していたこともあって、思いのほか時間がかかった。

「レーヌ、これから毒を採取するんでしょ？」

僕の問いかけに、レーヌが頷いた。

《その仕事は我々に任せてほしい。主には、地面にある根を引き抜いてもらいたい》

「それくらいお安い御用だよ」

剣を鞘に戻し、腕輪から毒を防いでくれる手袋と、新たな魔獣の一部――『アオニール』の毛を取り出す。

僕は手の甲についていた『ヴォラフロム』の牙を外した後、手袋を嵌《は》めた。

それから『アオニール』の毛で『魔獣合成』を使用する。

今までは『魔獣合成』を使用したら、体や使用する武器の見た目に変化が現れたけれど、今回はパッと見では分からない。

それもそのはずで、ゴリラにすごく似ているアオニールの真価は『筋力』。

だから『アオニール』の力を使えば、根の処理は楽勝だ。

『レーパースァ』の茎を束《たば》で掴《つか》み、「よいしょーっ！」という声と共に腕を引くと、地面に隠れていた根の部分がズボッと音を立てながら簡単に引っこ抜けた。

力自体はそれほど入れていないはずなのに、こんなあっさり抜けるのかと、我ながらビックリした。

反動でちょっとふら付く僕の背中をアーフェレスティス達が支えてくれたおかげで、倒れるのは免《まぬが》れた。

ありがとうね！

「はい、レーヌ。取ったよ」

仕事を終えて僕が声をかけると、レーヌが頷いた。

《うむ、それじゃあ毒液を採取するのでしばし待たれよ――お前達、取り掛かれ！》

レーヌの号令でアーフェレスティス達が一斉に『レーパースァ』の根に群《むら》がり、せっせと作業を開始した。

女王様であられるレーヌが空中で王笏《おうしゃく》を振ると、『レーパースァ』の根に縦の亀裂《きれつ》が入り、そこからとろみがかった茶色い液体が溢《あふ》れ出す。

その液体を、何十四といるアーフェレスティス達が瓶の中に慎重に入れていく。

せっせせっせと動く小動物を見ていると、危険なダンジョンの中にいるのを忘れて癒《いや》されるなぁ。

そのまま忙しそうに動いているアーフェレスティス達を見ていたが……突如とんでもない腐敗臭が僕の鼻を襲った。

最初に鼻をついたものとは比べ物にならない。

「ふぎゃっ⁉」

急いで両手で鼻を押さえるも、時すでに遅し。

ボロボロと目から涙が出てくる。

レーヌが警告を発する。

《我が主、ここからすぐに離れるのだ！》

「……んっ！」

さっきまで点鼻薬が効いていたから完全に失念していた。

この魔草が恐ろしいほど臭いということに……

五百メートル離れていた場所に立っていても臭かったのに、その元凶《げんきょう》のすぐそばでのほほんとしていたのが間違いだった。

クリティカルヒットを食らってしまった。

ある意味命の危機を感じた僕は、『傀儡師』を使って身体能力を上げてから、全力ダッシュでその場を離れる。

臭いが一切しない場所に着いたところで、『傀儡師』で動かしていた僕の足も止まった。

「……ぷはぁっ！」

《大丈夫か、我が主？》

しばらく止めていた息を一気に吐き出すと、傍《かたわ》らのレーヌが心配そうに聞いてきた。

「まだ鼻の奥が痛い……かも」

《ふむ》

まだ止まらない涙を袖で拭っていると、レーヌが僕の顔に近寄ってきて、小さな手を鼻の上に置いた。

それから不思議な呪文のようなものを唱えると、小さな手のひらから淡《あわ》い光が溢れ出し、僕の鼻に溶け込んでいく。

ん？　涙も止まったし、鼻の痛みも治まったな。

《大丈夫だろうか？》

どうやらレーヌが魔法で直してくれたようだ。

「うん、ありがとう。レーヌって治癒《ちゆ》の魔法も使えるんだね」

《うむ。特に魔草で受けた怪我や状態異常であれば、だいたい治すことが出来る》

「ほぇ～」

改めてレーヌのすごさに感心していると、『レーパースァ』の毒液を採取し終えたアーフェレスティス達が僕達のもとへ戻ってきた。

レーヌが王笏を振ると、毒液が入った瓶が光って消える。

魔法で巣に送ったようだ。

鼻も目も元に戻ったことだし、次の魔草のもとに向かうぞ！

僕は気を取り直して『ネル』の居場所を目指して歩き出した。


どうやら『ネル』は、今僕達がいる場所からかなり離れた所にいるらしい。

レーヌに『ネル』のことを改めて聞くと、この魔草は高い場所や日あたりが良い場所を好むんだとか。

それから『ネル』を探すなら飛んだ方が早いと助言をもらって、僕はまた『魔獣合成』でハーネの翼を生やした。

移動中に、レーヌが他のアーフェレスティス達からハーネ達の様子を聞いたと教えてくれた。

どうやら向こうは順調に目的の物を採取出来ているらしい。

彼らの状況を聞いて、自分も頑張んなきゃと、僕は気を引き締め直した。

気合を入れつつ飛んでいると、数匹のアーフェレスティスがレーヌに何か伝えているようだった。

「何かあったの？」

《昇級試験で必要な魔獣の居場所を見つけたようだ》

「本当？　じゃあ『ネル』の採取が終わったら、その魔獣の所に行きたいね」

《いや、他の魔獣もいるかなり危険な場所に群れで移動しているとのことだ。そこを狙うのはお勧《すす》め出来んな》

「マジか……じゃあ、違う群れか一匹でいる魔獣を見つけられたらそこに行きたいかも」

《うむ、その方が良かろう。今、探させている》

「了解！　じゃあ、探してもらっている間に『ネル』を倒しちゃおっか」

画面を見たところ、広大な廃都市から少し離れたところにある目的地――小さな集落みたいな場所にもう少しで着きそうだ。

徐々に高度を落として地面に着地すると、そこは上空から見下ろした時の印象より、かなり広い場所だった。

ただ、画面に反応があった魔獣は、そんなに強そうではない。

辺りを見回すと、この集落の中心に大きな教会が立っていて、その周りには寂《さび》れた商店があり、奥には集合住宅も見える。

『ネル』はこのエリアでもっとも高いと思われる教会に集中しているのが、画面に表示された反応から分かった。

レーヌの話では、キーキー鳴いて煩い魔草だそうだ。

『レーパースァ』との戦いで、魔草の討伐も大変だと分かったし、もしアプリで会話して戦わずに済むなら、そうしたいな。

アーフェレスティス達が集落の探索に飛んでいく中、僕はレーヌと一緒に教会へと足を向ける。

都市よりも集落の方が建物や道の崩れ具合が酷いと感じながら、僕は『傀儡師』と『魔獣《まじゅう》・魔草《まそう》との会話《かいわ》』のアプリを起動させた。

教会が見えてきた辺りで、何か耳障《みみざわ》りな音が聞こえてくる。

僕が眉を顰《ひそ》めて横を見ると、レーヌがゲンナリした表情になっていた。

《あの煩い音が『ネル』が発する音だ》

まだかなり離れているのにここまで騒がしいとなると、『ネル』の近くに行ったらどれだけ煩いんだろう。

ちょっとゲンナリしてしまった気分を奮《ふる》い立《た》たせて、先を急ぐ。

二十分ほど歩いたところで、教会の扉の前に辿《たど》り着《つ》いた。

「う～ん、近くで見ると……相当大きいね」

僕は扉を見上げながら、誰にともなく呟いた。

ちなみに、『ネル』の発する音は近付けば近付くほど煩くなっていたので、今は魔草や魔獣から発せられる騒音はアプリで小さくしている。

扉は錆《さ》びついているのか、僕が押しても引いてもビクともしない。

「ここは筋力アップの魔法薬を使用して、力ずくでいくか」

魔法薬を使ってからもう一度押すと、ギギギーッと鈍《にぶ》い音をさせながら扉が開いた。

頭上から土と錆びた破片《はへん》がパラパラ落ちてくるのを手で防ぎながら、僕達は教会の中に入る。

すでに一匹のアーフェレスティスが教会に入り込んでいたようで、そこから先は『ネル』がいるところまで案内してくれることになった。

アーフェレスティスの後ろを付いて、奥まった所にある細い階段を上っていく。

それから三階の廊下をしばらく歩き続け、小さな部屋の中に入った。

そこには、人が一人だけ通れるくらい幅の細い階段がある。

《この階段を上がれば屋上に出られる。『ネル』はそこにいるらしい》

「おっけ～！」

細長い階段を上がり切り、僕はレーヌに言われるまま屋上へと続く扉の取っ手を掴んで外へ出た。

屋上には、辺り一面薔薇《ばら》の匂《にお》いが漂っていた。

僕は思わずウッ、と鼻を押さえる。

薔薇の香りは好きだけど、ここまで強烈だと鼻が痛い。

『レーパースァ』に続き、今回一番ダメージを受けているのは、鼻なんじゃないだろうか。

まぁ、我慢出来るレベルなので、今回は魔法薬や対策は特にいらないかな。

レーヌ曰《いわ》く、この魔草はこちらが手を出さなければ、攻撃してこないらしい。あまり好戦的な性格ではないようだ。

画面の『魔獣・魔草との会話』から『ネル』の名前をタップして、会話可能な状態に切り替える。

屋上は至る所が植物の蔓《つる》と葉に覆われていた。

周囲を警戒しながら歩いていくと、奥に『ネル』の集合体らしきものがあった。

僕とレーヌを見るなり、花を揺らしながらザワザワと騒ぎ始めて、かなり煩い……

本体の近くに寄った瞬間、鳴き声が突然鮮明な言葉に変わった。

《きゃーっ、人間だわぁ～ん！》

《人間がここにくるのって、すっごく久々じゃな～い～？》

《ちっちゃい魔獣さんまでいるわね。かわよっ！》
《あのタイプの魔獣はガサツじゃないから、アタシ好きだわっ！》
声は野太いのに、僕の耳にはなぜか女言葉として聞こえてきた。
話している内容から敵意は感じないが、なんとなくビクビクしながら話しかける。
「あ……あのぉ？」
僕の言葉に反応して、『ネル』の声のトーンがさらに一段上がった。
《キャーッ、人間に話しかけられちゃった～！》
かなりテンションが上がっているみたいで、本当に煩い。
《姦《かしま》しいな》
レーヌが頭を押さえて首を横に振った。
心の中で僕も同意する。
ハハハと困った笑いで応じていると、綺麗な花を咲かせた一本の枝がシュルリと音を立てながら僕達の前に進み出てきた。
その花は真っ白で、赤やピンク、黄色などの他の『ネル』の花と違った色をしていた。
《あれは『ネル』の中心花だな》
僕の肩に座っているレーヌがすぐに説明してくれる。

ちなみに、中心花は、この『ネル』の集合体の中で一番位《くらい》の高い存在なんだって。
《こんにちは、小さな人間》
その薔薇のような白い花がふわりと揺れながら喋りかけてきた。
色だけでなく、その声も他の花々と違って柔らかな女性のものだった。
僕は緊張しながらも、敵対する意思はないと示すため、触れていた剣から手を放す。
「初めまして、『ネル』の中心花さん」
《ふふふ、そんな緊張しなくても大丈夫ですよ》
「はぁ……」
《でも……君は不思議な存在ですね。私達と〝似ている〟ような気がします》
「え？」
《えぇ、本来なら私達魔草にとって人間は天敵のようなものなんですけど……君は、不思議と安心出来ますね》
多分、それは『魔獣・魔草との会話』を発動しているおかげかもしれないな。
以前何度か話した時も、魔草から友好的に受け入れられたことがある。
もしかしたらこのアプリには、会話出来るだけじゃなくて、相手に仲間のように思わせる何かがあるのかもしれない。

「あの、僕達は決して『ネル』さん達と戦いたいわけじゃなく……お願いがあって来ました」
《お願い？》
「はい。これから『ジンクヴィーダー』を討伐しに行くのですが、僕の使役獣のレーヌから、中心花さんが持つ花粉が『ジンクヴィーダー』を倒す上で役に立つと聞いたんです」
僕はレーヌを手で示しながら、ここに来た理由を説明した。
《確かに私の花粉には、『ジンクヴィーダー』に精神異常を起こさせて弱らせる効果があるわね》
「出来ればその花粉を分けてもらいたくて……どうでしょうか？」
緊張しながら僕がそう聞けば、白い中心花は少し考えるような動作をしてから——
《私のお願いも聞いてもらえるなら、花粉を分けましょう》
そう答えてくれた。
僕は、やったぁ！　と心の中でガッツポーズをする。
「分かりました！　それで、何をすればいいんですか？」
《私達の花の手入れとでも言えばいいでしょうか。実は私達はこの場に根を下ろしてから数百年が経ちますが……予想以上に増えすぎてしまったため、花全体に栄養が行き渡らずに困っているのです》
「はぁ……」

いまいち話が読めないまま相槌を打つと、中心花が詳細を話してくれた。

どうやら、『ネル』達は、最初のうちはここまで花も多くなくて、近くを通る弱い魔獣や魔草を狩って養分にして、普通に生きてきたそうだ。ところがそれから長い年月をかけて育っていくうちに、この教会全体を覆うまでになってしまったらしい。

その結果、今までと同じ量の養分だと足りなくなって、栄養不足なんだとか……

また、数百年という時のせいで、全体が教会に絡まってしまって動くことも出来ず、困っているようだ。

全ての話を聞き終えた後、対策を考える僕の横でレーヌが頷く。

《そういうことなら任せてほしい》

彼女がいい手を思いついたようだ。

「レーヌ、どうするつもり？」

《魔草と共生することも多いのが、我が種族。こ奴らをどうすれば綺麗に咲かせることが出来るのか、知っておる》

「そうなの!?」

《うむ。こんなに巨大な『ネル』は初めて見たがな。何も、花を綺麗に咲かせるために必要なのは水や栄養だけじゃない。それでは、際限なく増えてしまうからな。咲き終えた花がらを摘んだり、

切り戻しの作業をしたりすることも大事だ》

「な、なるほど……」

僕はお花を世話した経験がないのでその辺りに疎《うと》く、頷くことしか出来ない。

「『ネル』の皆さんの栄養不足がそれで解決するの？」

《それだけじゃ無理だが、そこは我らがおるからな》

「ん？　どういうこと？」

僕がそう聞くと、レーヌが背中の羽を動かして僕の足元へ降り立つ。

そして、呪文を唱えながら王笏をコツンと地面に当てた。

すぐに王笏から流れ出た真っ黒な文字が列となって地面の上を駆け巡り、レーヌを中心に巨大な魔法陣が地面に刻まれる。

《来たれ、配下達っ！》

何が始まるのかと、『ネル』の花々がザワザワと蠢《うごめ》き出す。

レーヌが王笏を持ち上げて叫ぶと同時に、巨大な魔法陣からおびただしい数のアーフェレスティス達が出現した。

「おわっ!?」

もう、数が多すぎて辺り一面真っ黒だ。

羽音もすごい。

《お前達、取り掛かれ！》

レーヌの命令に応じて、アーフェレスティス達の第一陣がまず教会全体に飛び立つと、咲き終えてそのままの花がらを摘んでいく。

続いて、その作業が終わったのを確認した第二陣が、『ネル』の花や茎部分と会話をしながら、ごちゃごちゃに咲いていた茎や葉、それに花々をテキパキと整えていった。

そして、第三陣がじょうろみたいな道具を使って、『ネル』達に水と栄養剤のようなものを振りかけていく。

四十分ほどでこの一連の流れが終わると、僕のアプリを通じて、『ネル』達の歓喜の声が伝わってきた。

こんなに美味しいごはんは数十年振りだとか、丁寧に手入れしてもらえて嬉《うれ》しかったとか、そんな声があちこちから聞こえる。

喜ぶ『ネル』達に向かって、レーヌが言い放つ。

《この魔法陣があれば、我らアーフェレスティスがどこからでも駆けつけられる。もしもお前達が我が主の役に立つようであれば、動くことの出来ないお前達を、今後も我らが管理してやってもよい》

中心花が即答する。

《ええ、私達でお役に立てることがあるのでしたら、なんなりといたしましょう》

僕はポソンとその場に立っていただけなのに、『ネル』達の栄養不足の問題はあっさり解決してしまった。

レーヌは『ネル』の皆さんと共生の契約《けいやく》を交わしていた。

僕の役に立つだけで栄養満点のご馳走《ちそう》をしてもらえて綺麗に咲けるのだから、『ネル』にとってはとてもありがたいみたい。

戦わずに済みそうなので、僕は『傀儡師』のアプリをそっと閉じた。

《それでは、まずはお約束のモノをお渡しいたしましょう》

レーヌとの話がまとまった後、中心花がそう言って、一匹のアーフェレスティスが持つ小瓶の中に白と金の粒が混ざった花粉を入れた。

アーフェレスティスが僕にその瓶を手渡してくれる。

目の前で瓶を傾けると、中に入った粉がサラサラと動く。

「うわぁ～、綺麗だな」

《ふふふ、ありがとうございます。この粉を『ジンクヴィーダー』の周りに撒《ま》くだけで、一時的に

『ジンクヴィーダー』の動きが鈍くなりますよ》

「なるほど、ありがとう」

ほんの僅かな量で、十体の『ジンクヴィーダー』を二十分以上も足止めしてしまうそうだ。

すごい効果だな、このアイテム。

これなら『ジンクヴィーダー』も簡単に討伐出来るんじゃないかな。

「それじゃあ、僕達は『ジンクヴィーダー』のところに行くね」

僕がそう言って離れようとすると、白薔薇に呼び止められた。

《人間の少年、感謝の印《しるし》にこれもあげましょう》

白薔薇はスルスルと蔓《つる》を僕の方まで伸ばして、茶色い石のような物を僕の手のひらに載せた。

石は野球ボールくらいの大きさだ。

「これは？」

《二百年以上生きた『ネル』だけが作ることが出来る『精油《せいゆ》』の塊《かたまり》です。これを溶かして、飲み物の中に一滴か二滴入れて飲めば、魔草から受けた状態異常を全て回復します》

「ほへぇ～、そんなすごいのをもらってもいいの？」

《もちろんです。色々と世話になりましたので。それからもう一つ効果がありまして、それを飲んだ者は二週間ほど体から我らと同じ芳香《ほうこう》がするようになります。我らより弱い魔草であれば、その

香りで逃げていくので、魔草除《まそうよ》けになるかと》

「え、すごっ！」

《詳しい使い方はアーフェレスティスに聞いてください》

「はい、ありがとうございます！」

もらった物を大事に腕輪の中にしまい、『ネル』達に改めてお礼を言ってから、僕達はその場を離れた。

そして、教会の屋上からハーネの翼を使って飛び上がると、そのまま空を滑空《かっくう》して最初にライ達と別れた場所に向かったのだった。

タッティユとの決戦！

そろそろハーネやライ、エクエスも戻ってきてるんじゃないかな。

いつの間にか昼ご飯時だし、皆もお腹を空かせている頃でしょ。

「今回はかなりいい魔草と出会えたよね」

飛びながら、僕はレーヌに話しかける。

《うむ。我もあんなに長生きな『ネル』を見たのは初めてだ。たぶん、『ネル』の中では最強ではなかろうか？》
「ほへぇ～、そうなんだ」
《我が君、あ奴からもらった精油は、特殊な方法じゃなければ使えん。『宿舎』に着いた時にでも、我が作業しようと思う》
「うん、分かった」
レーヌを肩に載せながら低空飛行で飛んでいるうちに、僕達は目的地に着いた。
《あっ、主～！》
《ご主人、お帰りー！》
《双王様！　レーヌ様！　お待ちしておりましたぁーっ！》
ライとハーネ、エクエスが、空から地面に降り立った僕のもとに駆け寄ってくる。
そして皆が口々に自分達がした仕事を報告してくれた。
討伐の仕方とか、成果などを興奮気味に話し出すライ達。
僕は、寄ってくる皆の頭を撫でながら、魔法薬に使う素材を受け取った。
どれも状態が良い物ばかりだ。
偉いぞ、皆！

「それじゃあ、そろそろお昼の時間だし、ご飯にしようか」

腕輪の中に素材を仕舞ってから、ライの背中に乗って皆で移動する。

空中に浮かぶ画面を確認しながら魔草や魔獣がいない安全そうな場所を探していると、廃都市と集落のちょうど中間地点に、おあつらえ向きの場所を見つけた。

《着いたー!》

ハーネが上空から周囲を見回し、敵がいないことを確認してから僕のもとへ戻ってきた。

「それじゃあ、ここでご飯にしよっか」

自分達がいる場所の周りに匂い消しの魔法粉《まほうこ》をまいてから、お昼の準備を始める。

まず、腕輪の中からガスコンロと大きな鍋、ざるをそれぞれ二つずつ、それに塩とオリーブオイル、お皿やフォークなどを取り出しておく。

それから『ショッピング』で業務用のパスタとカニクリームソースとお水、さらにフルーツ詰め合わせの箱を数十個購入した。

鍋にお水を入れて火にかけて、沸騰《ふっとう》してから塩を投入。

そのお湯にパスタを入れて、パスタ同士がくっ付かないようにかき混ぜる。

タブレットの画面で表示しているタイマーを確認しながら、パスタを一本取って食べてみる。茹《ゆ》で加減は問題なさそうだ。

パスタをざるにあけて水気をきってからお皿に盛り付け、『ハーネレンジ』で温めてもらった。

ちなみにこのハーネレンジは僕が命名した、ハーネに料理の周囲を回ってもらってその熱で料理をあっためてもらう方法だ。それからパスタソースをたっぷりとかけた。

最後にフルーツをカットしてお皿に盛ったら完成だ。

《おにゃか、しゅたぁー》

ごはんの匂いを嗅《か》ぎつけたのか、今までフードの中で寝ていたイーちゃんが起きてきた。

絶妙なタイミングだ。

僕は腕輪の中からレジャーシートを取り出して地面に敷き、その上にフルーツが盛り付けられたお皿と皆の分のパスタが入ったお皿を置く。

「はい、熱いうちに召し上がれ！」

ハーネとライ、イーちゃんがガツガツと食べ始めた。

僕は大量に購入したフルーツ詰め合わせの箱の蓋を開けて、レーヌとエクエス、それからたくさんのアーフェレスティス達に振る舞った。

今回も色々と大活躍だったからね。

瑞々《みずみず》しい果物を食べられて大満足な様子のレーヌ達を見ながら、僕もパスタを口に運ぶ。

いい仕事をした後の食事って、なんでこんなに美味《おい》しいのか。

お腹を満たした後、僕達は午後も魔草採取に奔走《ほんそう》するのだった。


それから午後の仕事も一区切りついた頃——

《我が主、そろそろ『夜』が来る》

レーヌが僕にそう教えてくれた。

二日目で大体の感覚が掴めたからか、彼女に焦った様子はなかった。

「分かった！」

僕はそう答えてから、周囲の安全を確認して『宿舎《しゅくしゃ》』に避難した。

前回よりも慌てることなく対応出来た。

少しずつ進歩しているぞ！

主にレーヌのおかげではあるけどね。

タブレットで時間を確認すれば、昨日よりも二時間早く『夜』になっていたのが分かった。

「……これって、夜になる時間は決まってないってことなのかな？」

僕の疑問にレーヌが答える。

《ふむ……まだ二回目だからなんとも言えぬが、決まった時間というわけではなさそうだ。今回よりももっと早くなるかもしれないし、遅くなることもあるだろう》

「そうなると、今日みたいにバラバラに行動するのは危険かな」
《そうだな。午前中ならともかく、午後になってからはいつ『夜』が来てもおかしくないからな。全員で行動した方が安心だろう》
「うん、そうするよ」
《お腹空いた～》
レーヌさんのありがたいお言葉に同意していると、ライ達の腹の虫が鳴る音が響いた。
僕は思わずプッと噴き出す。
皆と一緒にいれば、どんな時も怖さや寂しさはないな。
《少しは大人しく出来ないのか、お前達は》
呆れながら皆の所へ飛んで行くレーヌの後を追いつつ、僕は『レシピ』を開いた。

翌日、『宿舎』を皆で出ると、エクエスが号令をかけた。

アーフェレスティス達がその号令で一斉に飛び立っていく。

昨日と同じような天気であるが、使役獣の皆は今日も今日とて元気だ。

今日の方針は、アーフェレスティス達が戻ってきてから、その情報をもとに組み立てる予定だ。

それまでは、とりあえずダンジョン内を探索することにした。

表層階だからか、『夜』じゃなければ、僕が倒せないような魔獣や魔草が出てくることはほとんどないんだよね。

体力を温存出来るから、悪くないけど。

たまに魔獣と遭遇しても、ハーネやライだけで簡単に倒している。

昇級試験の期間はまだ時間に余裕があるし、すでに討伐対象の一種『腐狼』を倒しているから順調だとは思うけれど、これから先も同じように進められるかは分からない。

出来るだけ早めに次の討伐対象を見つけたいな。

だけど、そんな思いもむなしく、今日は魔獣の気配がほとんどなかった。

「ん～……今日は魔獣が全然いないなぁ」

ボロボロに朽《く》ち果《は》てた廃墟を見回したり、画面を確認したりしても無反応だ。

《こっちもいないねぇ～》

少し遠出して索敵《さくてき》してくれたハーネも、魔獣をまったく見かけなかったと言って戻ってきた。

それからも、しばらくの間は探索を続けていたんだけれど、やっと見つけた魔獣も討伐対象以外だ。

この日は遭遇した魔獣を倒すだけで、これといった収穫のない一日を過ごしたのだった。

さらに次の日、魔獣の反応がほとんどなかった前日とは打って変わって、大量の魔獣や魔草に出会うことになった。

巨大な蟻《あり》の大群だったり、角が生えた巨大猿の群れだったり、それから酸を吐き出す空飛ぶ鯨《くじら》のような魔獣だったりに襲われて大変だった。

一体ずつなら問題なかったんだけど、ほとんどが群れで行動する魔獣だった上に、一体一体が強いので、対処するのに手間取った。

一番面倒だったのが、『トレロ』という、空中に浮かぶ鯨に似た魔獣だった。

動き自体はゆったりしているんだけど、攻撃魔法の威力がえげつなかった。

何個もの竜巻《たつまき》を発生させるし、雷も落とすし、おまけに口から火も噴くのだ。

レーヌやエクエス、一緒にいたアーフェレスティス達が竜巻でふっ飛ばされたかと思えば、空を飛んで特攻したハーネも雷に撃ち落とされる。

僕とライは噴射される炎の攻撃から、叫びながら逃げまどった。

阿鼻叫喚《あびきょうかん》といった具合だ。

『傀儡師』を起動させて、なんとかトレロの背中に乗った僕が、剣を刺したんだけど、皮が硬すぎて傷も付かなかった。

なんか、自然災害みたいで倒すのは無理だと判断し、僕達は雷に打たれてヘロヘロになっているハーネを回収して、その場から逃げることにした。

うん、勝てそうにないし、討伐対象でもないなら、撤退あるのみだ。

レーヌ達は吹っ飛ばされた後に安全な場所に避難していたようで、その後問題なく合流出来た。

『トレロ』との戦いの後も強い魔獣や魔草との戦いが続いたせいで、『夜』になって『宿舎』に入った頃には、皆口数が少なくなっていた。

かなり疲弊《ひへい》しているようだ。

ただ一人、イーちゃんだけは元気だったけど。

その日はスタミナを回復させるために、夜ご飯はうな丼を作って食べた。

美味しかった～。

これで明日の探索も頑張れそうだ！

二日連続で昇級試験の課題の魔獣討伐が出来なかったあたり、さすがAランク昇級試験。

一筋縄《ひとすじなわ》ではいかないし、討伐対象以外の強力な魔獣を倒さないと進めないしで、かなり大変だ。

「明日こそは『タッティユ』、『チュリートリー』、『ジンクヴィーダー』、『ダールウィルグス』のどれか一種類でも出てきてくれたらなぁ～」

ベッドの上でゴロゴロしながら僕が討伐対象との遭遇を祈っていると、エクエスが近づいてきた。

《双王様、ちょっとよろしいでしょうか》

「ん？　どうしたの、エクエス」

エクエスがマントをバサッと動かしながら、僕の顔の横にちょこんと座る。

《実は先ほど同胞《どうほう》から連絡がありまして、ダンジョンの一番右端付近に『タッティユ』の巣を見つけたようです》

「え、本当⁉」

《少し時間はかかりますが、せっかくですので明日は『タッティユ』の巣がある場所へ足を運びませんか？》

「うん、そうしよう！」

魔獣の種類によっては、アーフェレスティス達が見つけた後に移動しちゃって、見失う場合もある。

でも、巣を作る習性がある魔獣の場合は、その場所からあまり離れないことが多いので、その周辺に行けば必ず遭遇出来る。

表層階の全体が分かる地図を開き、『タッティユ』の巣がある場所をエクエスに聞いて確認する。

これで明日の目標が決まった。

エクエスが自分の寝床に飛んで行ったあと、僕はベッドの上で『ショッピング』を開いた。

少しでも情報を集めるために、この世界の『魔獣図鑑《まじゅうずかん》』を購入して、『タッティユ』のページを開く。

【タッティユ】

・見上げるほど巨大な体を持ち、弱点の頭部から背中にかけて鋭利《えいり》な角が生え揃っている。
・角に刺された場合、五分ほどの麻痺《まひ》状態になり動けなくなる。
・大きな体に似合わず俊敏《しゅんびん》で、敵の気配に敏感である。
・長い鼻と尻尾を鞭《むち》のように振り回して、敵を薙《な》ぎ払《はら》う。

図鑑での説明はこんな感じだった。

隣に『タッティユ』の姿も描かれていたんだけど、巨大な象……というより、マンモスにめっちゃ似ていた。

見た目はマンモスよりいかつい。

僕は倒し方を頭の中でイメージトレーニングしてから、明日に備えて早めに睡眠をとることにした。

翌朝、朝食をとって『宿舎』から出た僕は、移動しながら今日の目標である『タッティユ』について皆に話した。

今いる場所から『タッティユ』の巣まではかなり距離があって時間がかかるので、今回はハーネの背に乗って移動する。

ハーネの頭の上にはイーちゃんが、僕の前にはライがちょこんと座っている。

レーヌとエクエスは、すっかり定位置になった僕の肩に座って、前を見据えていた。

「まず、『タッティユ』と遭遇したらライの氷攻撃で足元を凍らせて動けなくする。それから、ハーネが上空から風で攻撃して、『タッティユ』の意識を上に向けさせる。最後に、僕が『タッティユ』の体に乗って弱点である頭のてっぺんを斬る——こういう作戦でいこうと思う」

《分かった～！》

《はい！》

レーヌとエクエスには、いつも通り少し離れた場所にいてもらい、イーちゃんのお守《も》りをお願いする予定だ。

ダンジョン内の地図と空中に浮かぶ画面を見る限り、たぶん今のハーネの速度であれば一時間ほどで目的地に着きそうだ。

移動中は、ハーネが疲れないように回復系の魔法薬を与えたり、イーちゃん達に間食《かんしょく》を与えたりしながらまったりと過ごした。

途中変な魔獣に絡まれそうになることもあったけれど、それらも上手く回避出来て、僕達はついに『タッティユ』の巣の周辺にやってきたのだった。

巣から少し離れた場所に着陸して、まずはイーちゃんとレーヌ、エクエスを安全な場所に避難させる。

「さてと……それじゃあ討伐を開始しますか！」

ハーネの背中から降りて、周囲を確認すると、危険そうな魔獣を画面上で発見した。

でもどうやら、僕達とは真逆の方に向かっていたので、こちらから近付けなければ大丈夫そうだ。

魔法薬を補充しながら、危険を感じたらすぐに離脱するようにハーネとライに指示を出す。

『タッティユ』はとても気配に敏感らしいから、影を移動することが出来る不思議なアプリ『影渡《かげわた》り』を『傀儡師』と併用《へいよう》して、地面の中から『タッティユ』に近付こうと考えていると——

《主〜！》

《『タッティユ』、出てきた！》

「えぇっ!?」

ハーネとライに言われて『タッティユ』の巣がある方へ視線を向けると、マンモス級にデカい

『タッティユ』が、周囲を警戒しつつ洞窟《どうくつ》の穴から顔を出していた。

今まで感知したことのない僕達の気配を怪しがって、出てきたのかもしれない。

視力もかなり高いのか、辺りをしばらく見回していたと思ったら、かなり離れた位置にいたはずの僕達に目を合わせた。上空で待機していたハーネも視認したようだった。

この距離でも気付かれるなんて……

これは難しい戦いになりそうだな。

僕はパシパシッと両頬を叩き、自分に気合を入れた。

「よしっ、行くぞ!」

その言葉とともに『タッティユ』がいる方へと駆け出す。

隠れていた場所から僕とライが二手に分かれて接近すると、『タッティユ』は唸《うな》り声《ごえ》を上げながら前足で地面をドンドンッと蹴り上げる。

同時に、『タッティユ』の足元から土で出来た鋭い棘《とげ》のようなものが地面から盛り上がり、僕とライに向かってすごい速さで襲いかかってきた。

僕もライもそれを俊敏《しゅんびん》な動きで避《よ》けて、『タッティユ』との距離を縮める。

ただ、土の棘が『タッティユ』を護《まも》るように周囲にも生えていたため、容易には近付けない。

《これでもくらえ～!》

上空で待機していたハーネが超特急で突っ込んできて、小回りを利かせながら氷のブレスを吐いた。

『タッティユ』を地面に縫《ぬ》い付《つ》けるように、足元を凍らせていく。

ブレスを食らった『タッティユ』は大激怒して、長い鼻で足元の氷をバシバシ叩いて砕いていった。

しかしハーネも負けじと、壊れたところを片《かた》っ端《ぱし》から凍らせている。

ハーネが長い鼻で攻撃されそうになっている時は、ライがそれを護るように棘の外から雷攻撃を仕掛けていた。

良い連携を保っている。

その隙に、僕は『影渡り』で地面に潜り、棘になっている地面の下をスイスイと移動していく。

地上を走るより少し遅いけど、思ったより早く『タッティユ』の近くまでやってきた。

影の中から真上を見れば、ハーネとライの攻撃を受けて『タッティユ』が激しく怒りながら、鼻をぶん回している姿が目に飛び込んできた。

近くを飛ぶハーネを攻撃しているけど、彼は余裕綽々《よゆうしゃくしゃく》な感じで逃げ回っていた。

その様子がさらに『タッティユ』を怒らせているようだ。

ともかく、今は僕への注意がいい感じに逸《そ》れている。

今がチャンス！

僕は『タッティユ』の真後ろへ回り込むと、『魔獣合成』で背中に翼を生やした。

音を立てないように翼をそっと動かして、影の中から『タッティユ』の背中目がけて飛び出す。

首の近くに着地してから、腰の剣を鞘から引き抜く。

同時に、使わなくなった『影渡り』と『魔獣合成』のアプリを閉じた。

一時的にとはいえ、『危険察知注意報』を常に開きながら『傀儡師』、『影渡り』、『魔獣合成』と一緒にアプリを起動させていたので、魔力の消費量がとんでもないことになっていたからだ。

危《あや》うく『タッティユ』を倒す前に魔力切れで倒れるところだった。

それから『タッティユ』の頭頂部目がけて剣を振り下ろしたんだけど――

硬くて厚みのある毛皮によって傷一つ付けることが出来ない。

案外すんなりと終わりそうだと期待していたのだが、これは困ったな。

それなら、と持ち方を変えて剣先を頭の上に突き立てようとしたけれど、柔らかいゴムみたいなものに弾かれて、全くダメージを与えることが出来なかった。

「嘘《うそ》でしょ⁉」

僕が呆然《ぼうぜん》としていると、近くを飛んでいたハーネが叫ぶ。

《主、危ないっ！》

ハッと顔を上げた時には、『タッティユ』の長い鼻が鞭《むち》のようにしなって僕に襲いかかっていた。

『タッティユ』の頭から素早く離れようとしたものの、鼻が思ったより長く、すごい勢いで迫っていたので、避けることが出来なかった。

なんとか防御態勢に入ったが、それと同時に、バシンッという音と衝撃が右半身に走り、僕の身体がすごい勢いで弾き飛ばされる。

《我が主を護れ！》

レーヌの声が聞こえたと思ったら、土の棘に串刺しになりそうだった僕の体をアーフェレスティスの集団が受け止めてくれた。

そのまま僕は安全な場所に持ち運ばれる。

「いててて……ありがとね、皆」

地面に降ろされた僕は、アーフェレスティス達に感謝しながら空中に浮かぶ画面を見た。

『痛《いた》み止《ど》め』『止血《しけつ》』『骨折《こっせつ》の治癒《ちゆ》』『裂傷《れっしょう》の治癒《ちゆ》』『精神安定《せいしんあんてい》』などという使用項目とともに、魔法薬がガンガン使われているのが分かった。

どうやらあの一撃で、防御態勢に入った右腕と右足の骨がかなりやられたようだ。

服も破けて血の跡が付いているけど、良質な魔法薬を大量に使っているおかげで再生した僕の肌は、ツルンと綺麗になっていた。

手をグーパーしながらどこにも異常がないのを確認していると、イーちゃんをエクエスに預けたレーヌが僕のもとへ飛んできた。

《我が主、大丈夫か？》

《うん、レーヌやアーフェレスティスの皆のおかげで、この通りだよ。あのまま地面に投げ飛ばされていたら……本当に危なかったよ。ありがとね》

《うむ。気を付けるのだぞ》

元の位置へ戻っていくレーヌにお礼を言ってから、僕は頭を悩ませる。

これからどうやって『タッティユ』を倒そうか。

剣で斬り付けた時、全く刃が立たなかったと言うほどではなかった。

ただ、僕の腕の力が弱くて、深く刺し込めなかっただけかもしれないんだよね。

だから、力任せに斬り付けるだけじゃダメージは与えられないだろう。

少し考えた僕は、もう一度『魔獣合成』を起動させて翼を生やしてから、『タッティユ』の上空へ飛び立った。

「やれるかどうか分からないけど、一《いち》か八《ばち》かだな！」

空中に浮かぶ画面には、少し離れた距離にいる魔獣の反応も出てきたし、ここであまり時間をかけるわけにもいかない。

ハーネよりさらに高くまで上昇した僕は、腕輪の中から『ブルーマー』という魔獣の爪を取り出した。

すぅっ、と深呼吸してからハーネの翼を解除して、代わりに『ブルーマー』の爪を自分の腕に当てて、『合成《シンセティック》！』と叫んだ。

翼がなくなった僕の体は、重力に従って『タッティユ』がいる地面へと落下し始める。

僕の両腕が、獰猛《どうもう》な虎に似た『ブルーマー』と同じものに変化した。

日常時なら、猫のような手や肉球に感動していたかもしれないけれど、今はそのもふもふ具合を楽しんでいる場合ではないな。

でも、白い毛に真っ黒な稲妻模様が走った手と、鋭く長い爪を見ると、どんなものも切り裂けそうで、頼もしい気持ちになった。

それに、僕は今、かなり上空から落下しているのだが、本来なら恐怖で叫んじゃいそうになるはずなのに、先ほどの『精神安定』の効果か、ぜんぜん怖くない。

おかげで、『タッティユ』の動きを見ることに専念出来る。

僕は腕と足、それに体の中心をちょっとずつ動かして、ちょうど『タッティユ』の頭の真上に落ちるように調整する。

攻撃態勢を取った僕を見たライが雷攻撃をやめ、ハーネは『タッティユ』の頭の位置を固定するために、鼻の先が地面に触れた瞬間に鼻と地面を一緒に凍らせてくれていた。

「おりゃあああっ！」

落下スピードを利用しながら両手を振り下ろして、人間ではありえない速さで『タッティユ』の弱点である頭上に二撃を与えることが出来た。

まず、右腕の一振りで分厚い毛皮がバッサリ裂け、二撃目に振り下ろした左の『ブルーマー』の爪によって傷を負った『タッティユ』が、悲痛な声を上げた。

巨体が地面に倒れていく。

攻撃を放ってからすぐに体を捻って、僕が『タッティユ』から離れると、ライが地面の棘を雷攻撃で取り除いてくれた。

そこへ『ブルーマー』の両手で地面に落ちる衝撃を和《やわ》らげてから、自分の足で着地した。

「ふは～、終わったぁ」

僕はどさり、とその場に尻もちをつくようして地面に座る。

『傀儡師』と『魔獣合成』のアプリを閉じると、体の自由と両手が元の状態に戻った。

毎度のことだけど、今回は特に『傀儡師』のアプリがあって良かったとつくづく思う。ハーネが飛んでいる位置より高いところから地面に向かって落下するなんて、『傀儡師』によって身体能力がアップしてなきゃ、ただの自殺行為だ。

それに『ブルーマー』の腕がなければ、あの高さから落ちて一切怪我をしないなんて芸当は絶対に出来ない。

《主〜、大丈夫？》

《ご主人、怪我はない？》

《あの『タッティユ』を倒すとは！　さすが我らが双王様！》

《我が主、上手くいったようで何よりだ》

ライとハーネが僕の身体を心配して駆け寄り、エクエスとレーヌが賞賛《しょうさん》してくれた。

「皆、心配してくれてありがと。うん、怪我はないよ」

近くに寄ってきた皆にそう言いながら立ち上がり、僕は『タッティユ』のもとへ近づいた。

討伐した証拠をギルドに提出するために、『タッティユ』の耳と尻尾を切り取って、袋に入れる。

「ふぅ、でも『タッティユ』だけでもあと四頭討伐しなきゃいけないんだよね……」

ギルドからの課題は『タッティユ』五頭の討伐だ。

戦い方は今回である程度掴んだから、次からはもっとスムーズに倒せるといいんだけど……

僕がそう思っていると、イーちゃんがトコトコと僕の足元にやって来た。

《おにゃか……すいた》

こちらを見上げて言うイーちゃんに、僕は『タッティユ』の長い鼻を切り落として与える。

イーちゃんが大きく広げた口でガブガブと齧《かじ》っているうちに、『タッティユ』の鼻はあっという間に消えていった。

大した時間もかからず、イーちゃんは長い鼻を食べ終えた。

いつ見ても、ギャップがすごい。

ゲプッと満足げにしているイーちゃんを撫でながら、僕は空中に浮かぶ画面に目を移す。

他の魔獣がこの場所に近づいているのを確認し、僕はハーネに疲労回復の魔法薬を飲ませて、急いでその場から離れることにした。

その後はお昼休憩を挟みつつ、他の討伐対象も探しながらダンジョン内の探索を続けた。

けれど、今日は討伐した『タッティユ』以外に見つけられず、『夜』が思っていたより早い時間に来てしまったので、早めに切り上げて『宿舎』に入ることになったのだった。

夕食を済ませて皆がまったりしているところで、僕とレーヌは二人で作戦会議をしていた。
「ねえ、レーヌ。今日戦った『タッティユ』を、もっと効率よく倒す方法ってないかな？」
《効率よく？》
「うん。上空からの落下と『ブルーマー』の腕を使って、ようやくあの分厚い毛皮を裂くことが出来たけれど、それだと時間がかかりすぎかなって。それに、もっと安全な方法で倒せたらいいなって思って」
《ふむ……それでは、使う魔獣を変えてみてはどうか？》
「使う魔獣を変える？」
《うむ、今回は〝切り裂く〟ことに特化して『ブルーマー』を選んだようだが、何も斬ることだけに着目しなくてもよいのではないかと思ってな》
「え？」
意図を捉えかねて首を傾げていると、レーヌがクスッと笑う。
《簡単に斬れない毛皮であれば——毟《むし》ればよかろう》
「……むしる」
《そうだ。多少暴れるかもしれぬが、今日のようにハーネが動きを止めれば出来ぬことでもない。そうすれば上空から落ちながら攻撃するといった危険な行為をせずとも倒せるはずだ》
「確かに、あの戦い方は危険ですね」
新たな方法を教えてもらいつつ、しっかりと注意されてしまった。
「それじゃあ、レーヌがお勧めの魔獣っているの？」
《『キンスウェイト』がいいのではないかと思っている》
「『キンスウェイト』……ちょっと待ってね」

腕輪の中から魔獣図鑑を取り出して、『キンスウェイト』のページを捲《めく》る。調べると、顔は雄牛《おうし》でゴリラのような上半身、その下は蛇という見た目で、出会ったら即逃げたくなる魔獣だった。

「何これ!?」

《こ奴は腕力と握力が異常に発達している魔獣で、見つけた敵を蛇の胴体で締め上げて、相手の頭を手で握り潰す怪力馬鹿《ばか》だ》

レーヌさん曰く、知能があまり高くなく、力でなんでも解決しちゃうタイプの魔獣らしい。ただ、この腕力や握力があれば、『タッティユ』の厚い毛皮を引き抜いて、露出した弱点を殴り続けるだけで勝てるだろうとのこと。

これは試してみる価値ありだな。

早速『ショッピング』を開き、魔獣『キンスウェイト』の腕の革を購入する。

魔法薬で使用する材料を購入したので、手元に届いたのは魔獣の皮を鞣《なめ》したものだ。

少し大きく、灰色の革が紐《ひも》で止められていたので、一部を切り取って試しに『魔獣合成』で試してみる。

『合成《シンセティック》!』と叫んだ瞬間、僕の両腕が灰色に変化してフサフサな毛が生えてきた。

その手は『ブルーマー』の時とは違って、ちゃんと五本指のままだ。

色が変わって、毛深くなった以外に変化は見られない。

本当にこれで力が変わるのだろうかと疑った僕は、『ショッピング』で分厚い鉄板を購入した。

「ふんっ！」

試しに少し力を込めて両手で折り曲げようとしたら――

まるでこんにゃくを折り曲げるかのように簡単にグニャングニャンに出来てしまった。

ちょっと楽しくなって紙のように丸めて遊んでいると、レーヌが僕を見て若干引いていた。

何はともあれ、これなら『タッティユ』も簡単に倒せるんじゃないか。

もしダメだったら、その時はその時でまた作戦を考えよう。


翌日、ダンジョン内の調査を続けていたアーフェレスティス達から、『タッティユ』の巣を新たに見つけたとの報告が入った。

しかも幸か不幸か、今回は一気に四頭の群れで行動しているとのことだ。

これなら、全て討伐出来たら『タッティユ』の課題はクリアになる。

さぁ～、今日も頑張るぞ！

「エクエス、『タッティユ』達はどこにいるの？」

《はい、配下達によれば、昨日双王様が倒された『タッティユ』がいた場所からそれほど離れてはいないようです。ハーネ殿で移動すれば、それほど時間もかからずに着くかと》

「なるほどね」

地図を開いて、昨日『タッティユ』がいた場所と、エクエスに教えてもらった場所にそれぞれ丸印を付けて確認したら、確かにそれほどの距離じゃなかった。

今いる場所からハーネで飛べば、二十分ちょっとで着くんじゃないかな？

そう思ってハーネで移動しようと言ったんだけど、エクエスから今日は虫系の魔獣が近くを飛んでいると報告が入る。

僕は空での移動を断念し、ライの背に乗って皆に声をかけた。

《それじゃあ行くよ！》

途中に虫系の魔獣が出てきた時の対策として、その魔獣を寄せ付けない粉系の魔法薬を自分達にかける。

これで不必要な戦闘をしなくて済みそうだ。

あとはいつも通り、タブレットの画面を見ながら魔草や魔獣を避けて進むと、目的地へ到着した。

『タッティユ』達が、巣から少し離れたところに集まっていたのが目に入る。

少し開けたところにいるから、動きも制限されないし討伐はしやすそうだ。

思ったより『タッティユ』の感覚が鋭いことは、昨日の戦いで学習済みなので、僕達は距離をかなり空けて待機した。

そろぉ～っと岩陰に隠れながら顔を出すと、四頭とも見つかった。
昨日討伐したものより一回り体が小さく見える。
もしかしたら、昨日の個体がかなり強かったのかもしれない。
だからといって、これから対峙する魔獣が弱いわけではないので、気を緩めないようにしないと！
岩陰から顔を引っ込めて、ライ達に作戦を説明した。
「まず初めに、一頭だけ地面でスヤスヤと気持ちよさそうに寝ている『タッティユ』をハーネの氷のブレスで凍らせて地面に固定したいな。その後は、ハーネとライで一頭ずつ別の『タッティユ』を足止めしてて欲しいんだ。その間に残りの『タッティユ』を僕が倒そうと思う」
《分かったぁ～！》
《うん、頑張る！》
「レーヌとエクエスは、昨日と同じく安全な所で待機ね。イーちゃんのことをよろしく」
《うむ》
《お任せください！》
頷くレーヌ達に、僕は寝ているイーちゃんを服のポケットの中から取り出して手渡す。
「それじゃあ、今から僕は地面の中に入って移動するね。ハーネとライは少ししたら気配をなるべく消しながら『タッティユ』の方に近付いていってほしいんだ」

《はーい》

《分かった》

「四頭のうち、少し離れた場所にいる『タッティユ』の背後に回ったら、僕が地面の中から出るから、そのタイミングでハーネは寝ている奴を凍らせてくれる？」

《任せて！》

ひと通り指示を出し終えた僕は、『影渡り』と『傀儡師』を起動させてから、足元の影の中に潜り込む。

スゥーッと泳ぐように移動して、一頭だけ離れた場所にいる『タッティユ』の背後に回り込むと、『魔獣合成』を起動して『キンスウェイト』の革を取り出す。

両腕にくっ付けて「『合成！』」と唱えた。

腕が変化したのを確認してから、息を整えて顔を上に向け、一気に地上へ飛び出す。

「ハーネ、今だっ！」

僕が地上へ飛び出して叫ぶのと同時に、上空に待機していたハーネが寝ている『タッティユ』に向けて氷のブレスを吐いた。

寝ていた『タッティユ』の動きが封じられたのを確認してから、僕とハーネ、ライが同時攻撃を始める。

「うおぉぉおりゃっ！」

『タッティユ』の真後ろに立った僕は握り拳を作ると、叫びながら思いっ切り奴の両足を殴りつけた。

強烈なパンチを受けた『タッティユ』の足が変形する。

そして巨体を支えられなくなった『タッティユ』が、地面へ伏せるように倒れ込んだ。

僕はすぐに地面を蹴ってジャンプすると、怒声を上げながらなんとか立ち上がろうとする『タッティユ』のお尻の上に着地し、そのまま背中を走り抜けて首元を目指す。

剣も通さないほど硬い毛を鷲掴《わしづか》みにして、僕はレーヌが教えてくれた通り毟った。

昨日『タッティユ』を倒した後に毛を掴んだ僕だから分かるけど、何もアプリを使わない状態で毛を掴んでも、絶対に抜けなかった。

まるで何重にも重なった針金を掴んでいるような感じだった。

だけど『キンスウェイト』の腕と手を持つ今の僕は、ティッシュペーパーを箱から取り出すような軽い感じで毛を毟ることが出来ている。

すご～い！

毛を引き抜きながら、僕は思わず感心する。

耄っている最中、激怒した『タッティユ』が長い鼻で僕を打ち払おうとしてきたけれど、その鼻も手で掴んで止めることが出来た。

さすが怪力馬鹿とレーヌに言われるだけの力だ。

ビクともしません。

僕は左手で鼻を掴みながら、弱点がむき出しになった頭頂部に向かって握り締めた右拳を振り下ろした。

《グオォォッ》

「よしっ、こっちは倒したぞ」

地面に頭から倒れて絶命した『タッティユ』の体から立ち上がると、僕はハーネとライが戦っている残りの『タッティユ』へ向かって駆け出した。


——その後、一時間もかからずに残りの『タッティユ』も討伐出来た。

ハーネやライが頑張ってくれたのはもちろんなんだけど、前回よりスムーズに倒せたのは、『タッティユ』達の気が緩んでいたこともあると思う。

集団でいたところで奇襲に合ったせいか、地面に鋭利な棘を作る魔法も特に使ってこなかった。

あの攻撃があったら、棘の処理でもう少し手間取っていたかもしれない。

時には奇襲作戦も便利だよね。

これで五頭倒しきったたし、昇級試験『タッティユ』の討伐完了だ！

「うんうん、まだ試験が始まってから一週間も経ってないけど、『腐狼』五頭と『タッティユ』五頭の課題が終わっているのは、順調なんじゃないかな」

残り二週間ちょっとで、あと三種類の魔獣を討伐すれば合格だ。

とはいえ、討伐対象の探索や襲ってくる他の魔獣との戦闘など、時間がかかる場面はいくらでもあるので、油断大敵だ。

「……皆、今頃どうしてるかな？」

僕はAランク昇級試験を受けている他の『暁』のメンバーの顔を思い浮かべた。

皆の進捗が気になってしかたがない。

「大人組は……なんだかんだで強いから、ササッと終わらせてそうなんだよなー。クルゥ君なら、暁の中でも僕と歳も成長度合いも近い冒険者だし……同じくらいの達成度だろうか？　負けないように頑張らなくちゃ！」

僕が心の中でグッと拳を握っていると、レーヌが僕の近くに飛んできた。

ダンジョン内を飛び回っているアーフェレスティス達から新しい情報が入ったようだ。

どうやらこの表層階には残りの討伐対象となる魔獣はいないとのこと。

「と、言うことは……中層階にいるのかな？」

《そうであろうな。中層階へと続く『扉《とびら》』も見つけたらしいから、すぐにでも行ける》

「本当!?　それじゃあ、準備をしたらすぐ行こう！　あ、レーヌはこのダンジョンの中層階のことは何か知ってる？」

《我は行ったことはないが、他の群れのアーフェレスティスから、ここの中層階に来たことがあるという話を聞いたな……今いる表層階より魔獣や魔草の強さが格段に上がると言っていた。それに、今まで出会ったことのないような存在がいたとも言っていたはずだ》

「今まで出会ったことのないような存在……」

一体なんだろう？

もしかしてアンデッド系や精霊系の敵が出てくるとか？

そうすると今までよりさらに討伐の難易度が上がるのは間違いないだろうな……

僕は今後のことを考えながら両腕を組み、自分の剣や防具などを見た。

通常装備の場合、精霊系やアンデッド系に攻撃してもダメージは入りにくいし、防具の防御力も半減してしまう。

僕の剣や防具は、カオツさんの友人であるグリエティル様の呪《まじな》いで強化しているので、その問題は解決済みだ。

それから、グリエティル様からもらったピアスを腕輪の中から取り出して耳に当てる。

このピアスは穴が開いていなくても耳にピッタリとくっ付くアイテムで、首を振っても取れることはない。

このピアスにもグリエティル様の呪《まじな》いがかかっていて、精霊系やアンデッド系から精神攻撃で不意打ちされても防いでくれるそうだ。

「あとは……三つの魔道具だな」

僕は腕輪の中から三つの指輪を取り出して、指に嵌める。

この指輪型の魔道具は、カオツさんのお友達であるヨーキさんのお店で買ってもらったものだ。

一つは『魔力の使用量を半分にする』効果、もう一つは『反射神経を強化』してくれる効果、そして三つ目は『どんなに離れていても使役獣に指令を飛ばせる』効果がある。

これまではこの魔道具達に頼らず、今まで通りの戦い方でやってこれたけど、中層階がどれほど危険かは未知だ。

いつ強敵に襲われてもおかしくないから、『危険察知注意報』以外にも、さらに『傀儡師』、『魔獣合成』、『影渡り』を並行して起動させ続けなければなくなるかもしれない。

そこで、この『魔力の使用量を半分にする』魔道具の出番だ。

これで魔力が大幅に減って、大量の魔法薬を消費するという状況は避けられるだろう。

そう考えると、かなりの優れものだよね。

先に『ショッピング』で検索すれば、もしかしたらこういう魔道具も見つかったのかもしれないけれど……その時はそういう物があること自体知らなかった。

もっと早く知りたかった！

それから、まだ使っていない『光《ひかり》の加護《かご》』も、中層階以降なら出番があるかもしれない。

かなり興味があるアプリだから、試験を受けた最初の時からずっと使ってみたいと思っていたんだよね。

このアプリを使えばアンデッド達にもかなりのダメージを与えられるかも！

さらに、昨日『宿舎』で暇な時間に『ショッピング』を使って購入した、この世界の魔道具も気になっている。

『使役獣緊急収容魔道具《しえきじゅうきんきゅうしゅうようまどうぐ》――腕輪型《うでわがた》』というもので、地球で言うペット用キャリーバックのように、使役獣達が自由に出入り出来る代物《しろもの》だ。

疲れた時に休んだり、戦闘中に傷を負った場合に中に入って療養《りょうよう》したりすることが可能だ。

本来の用途は、大きくて攻撃性の強い使役獣を従えている人が、普段街中を歩く時に使役獣を入れる魔道具みたいだ。

僕の場合は『使役獣』のアプリがあるから、ハーネやライが怪我を負ったらアプリの中に戻して傷を回復させることが出来るし、問題ない。ただ、タブレットには僕が指示しないと入れない。

だけどこの魔道具なら、不測の事態でも僕の指示なしで魔道具の中に避難出来る。

使うかどうか分からないけど、備えあれば憂《うれ》いなしということで、購入して腕に嵌め、何かあればここに皆入ってねと伝えておいた。

腕輪の中に出たり入ったりしている皆を見ながら、僕は準備を済ませる。

「よしっ、それじゃあ中層階に向かう前に、ここで腹ごしらえでもしましょうか！」

ここから先で、ゆっくり食事する時間があるかは分からないからね。

《お昼だー！》

《ごはん～！》

《はやく、たべちゃい》

ハーネとライ、それにイーちゃんが騒ぎ出す。

脅威となるものは周囲に見当たらなかったので、近くで座りやすい場所を探してそこでお昼休憩をすることにした。

本日の昼食は、中華料理のフルコースだ。

ただ時間短縮のために、本格的に作るのではなく、炒めるか温めるだけで出来るレトルト系のものを『ショッピング』で買うことにした。

メニューは『ふかひれスープ』『海老《えび》レタス炒飯《チャーハン》』『カニ爪《つめ》フライ』『鶏肉《とりにく》とカシューナッツ炒《いた》め』『麻婆《マーボー》ナス』『シュウマイ』『中華《ちゅうか》チマキ』と豪勢にした。

炒飯と鶏肉とカシューナッツ炒め以外はハーネレンジで温めて、残りの二つはフライパンで炒めて完成！

なんて簡単なんでしょう。

時短料理って最高！

お皿に取り分けて出してあげると、皆が美味しい美味しいと言いながら食べ進める。

大量に購入したはずが、ものの十分くらいでハーネ達のお腹の中に消えてしまった。

僕も冒険者になってダンジョンに入るようになってから、だいぶ早食いが出来るようになっていた。

ダンジョンの中だとあまり時間がなかったり、急な危険に対応する必要があったりして、ご飯に時間を割けないことが多い。

そんな時のために、料理を味わいつつも、早く食べることが出来る技を習得している。

もちろん普段はゆっくり食べているけどね。

「ご馳走様《ちそうさま》でした！」

食べ終えて後片付けを済ませたら、ダンジョン内の別空間に繋がる『扉《とびら》』がある場所へ移動だ。

翼を持つ魔獣が近くの上空を飛んでいるようなので、『扉』まではライに乗って移動する。

アーフェレスティス達が『扉』を見つけたのは、最初に訪れた廃都市の外れにある小さな一軒家の中らしい。

廃都市へと向かう道中で、熊くらい大きなハムスターに似た魔獣の群れと鉢合《はちあ》わせして、戦う羽目になったけれど、思ったより早く目的地に着いた。

その家は廃都市の外れにポツンと佇んでいて、屋根や壁は朽ちてボロボロだったけれど、他と比べれば比較的綺麗な感じだった。

「ここの家の中にあるの？」

《うむ。二階の寝室にある鏡が『扉』らしい》

レーヌの言葉に頷いて、僕は家の中に足を踏み入れる。

玄関を入ってすぐの居間には、中心に大きな木のテーブルと椅子《いす》が置かれていた。

部屋の奥には台所のようなものが見える。

視線を横にずらすと、穴が開いている半開きのドアが目に入った。

その奥に二階へと続く階段を見つけたので、僕は慎重に上がっていく。

木が腐食しているのか、一歩上がるごとにミシミシという音が鳴ってちょっと怖い。

二階に上がると、扉が二つあった。

どっちが目的の場所に繋がっているんだろう？

僕が悩んでいると、エクエスが元気よく片方の扉に向かっていく。

《こっちです、双王様っ！》

エクエスの後に続いて、ドアを開けると、そこは寝室だった。

部屋の中は襤褸《ぼろき》切れと化したカーテンが窓にかかっていて、かなり薄暗い。

「その鏡はどこにあるんだろう？　見えにくいな……」

そう思っていると、ライが角の先に雷の玉を作り出して部屋の中を照らしてくれた。

「ありがとうね、ライ」

ライの頭を撫でてから、僕は部屋の中を見回す。

よく見ると、ベッドの横に置かれている小さなテーブルの近くに楕円形《だえんけい》の鏡が取り付けられていた。

「あ、あれかな？」

《はい、あの鏡です！》

鏡の前まで行き、そっと鏡面に触れると、指先の周囲に波紋《はもん》が起きた。

そのまま腕を伸ばすと、肘から先が鏡の中に入って消える。

ここが『扉』で間違いないようだ。

中に入る前に、僕は『傀儡師』を起動させた。

使う魔力量を半分にする指輪型の魔道具を嵌めているから、中階層にいる間は『傀儡師』を常に発動させておいてもいいかもしれない。

「皆、中階層はたぶんここより難度が格段に上がるはずだから、危ないと思ったら、絶対に無理せずに、逃げるか腕輪の中に避難すること。分かった？」

《はーい！》

皆が僕の問いに元気よく頷く。

「では、中層階へ行きましょうかね！」

深呼吸を一つして、僕達は『扉』の中へ足を踏み入れた。

危険な中層階

目を開けると、そこは表層階と似た廃都市のようなところだった。

見た目には、さっきまでいた場所とあまり変化している感じがない。

辺りを見回しても物音一つせず、空中の画面を見ても魔獣や魔草の反応は一切なかった。

若干空気が重いような気がしなくもないけど、それくらいだ。

ちょっと拍子抜《ひょうしぬ》けして、緊張していた体から力が抜ける。

まずは周辺の探索から始めようと足を一歩踏み出した瞬間――

つま先辺りの地面が急にボコッと小さく膨《ふく》れ上《あ》がり、そこから途轍《とてつ》もない速さで双頭の蛇《へび》が飛び出してきた。

僕の顔面に向かってすごいスピードで襲いかかる。

シャーッと威嚇《いかく》しながら大きく口を開いて、僕の顔と肩にいるレーヌとイーちゃんに齧《かじ》りつこうとする蛇。

僕が上半身を軽く捻ってその襲撃を避けると、蛇はそのまま勢いよく後方へ飛んで地面の中にまた潜っていった。あまりに一瞬の出来事すぎて、状況の理解が追いつかない。

とりあえず『傀儡師』による身体操作と、反射神経を強化してくれる魔道具のおかげで、蛇の攻撃から逃れることが出来たようだ。

そして僕が腰の剣を鞘から引き抜くのと同時に、レーヌがイーちゃんを掴んで号令をかけた。

《魔獣『タバセワ・アーシー』が来た！　お前達、今すぐ全員腕輪の中に避難！》

レーヌの指示に従って、全員が僕の腕輪の中に入る。

ここに来る前に中に入る練習をしていたからか、皆の動きは俊敏で、速やかに避難していた。

全員が腕輪の中に入ったのを確認した僕は、空中の画面を見て顔を顰《しか》める。

今まで何の反応もなかったのに、パッ、パッ、パパパパッと魔獣を示す反応が次々と僕の周りに表示されているからだ。

しかも数がめちゃくちゃ多い。

何これ!?

さっき一瞬見えた感じだと双頭のアオダイショウみたいだったけど……

すごい数の魔獣に囲まれてどうしようかと思っていると、腕輪からレーヌが顔だけニョキッと出して、声をかけてきた。

《落ち着け、我が主》

だけど、それはいつものような発声というより、頭の中に直接語りかけているような感じだ。

ヨーキさんのところで買った、どんなに離れていても使役獣に指令を飛ばせる魔道具の効果だな。

これのおかげで、頭の中で直接使役獣と会話出来ているみたいだ。

中層階に入った瞬間から、ヨーキさんのお店で購入した三つの魔道具を全て使っている。

カオツさんに準備を手伝ってもらって本当に良かったと心の中で思っていると、レーヌが続けて話す。

《この魔獣は目と鼻がすこぶる悪いが、音に異常に敏感な魔獣である。だから、我が主が動かなければ、攻撃されることはない》
（そうなの？）
《敵がいない時は地面の中で眠って仮死状態になっているが、自分達のテリトリーに侵入者が入ってきた瞬間に再び動き出して、すぐさま地上に現れて攻撃してくる。空を飛ぶ翼の音や羽音にも反応するから、気を付けるのだ》
（なるほど……）
《それから神経毒も持っているから注意するのだ》
面倒な魔獣に当たってしまったな～。
画面を見ると、僕が立っている周囲をおびただしい数の『タバセワ・アーシー』が動き回っているのが分かる。
たぶん外敵である僕がどこにいるのか分からず、地面の中を動きながら音が鳴るのを待っているんだと思う。
これからどうやって戦おうか。
一匹でさえ、凄《すさ》まじいスピードで飛びかかってきたのをギリギリ躱《かわ》せたくらいなので、この画面に映るタバセワ・アーシー達が一斉に攻撃してきたら、避けようがなくなってしまう。

一か八かでこの魔獣と会話が出来るかアプリで確認したけれど、残念ながら不可になっていた。

無事に抜け出すには戦う以外方法はなさそうだ。

(レーヌ、この魔獣って水に弱かったりする？　もしそうなら隠れている地面に水を流し込んで溺《おぼ》れさせられないかなって考えたんだけど)

《いや、こ奴は水に強く、逆に火に弱い。ただ、弱いと言っても相当な火力で焼かないと倒しきれないがな》

(分かった、ありがとう)

火か……『魔獣合成』を使ってこの場を打開出来ないかな。

僕は、音を一切たてないように注意しつつ、調べ始める。

『傀儡師』が音を立てないように体を動かしてくれているおかげで、とても静かに行動出来た。

魔獣図鑑で何体かの魔獣の生態を見てから、その中の一種『炎酷猿《えんこくえん》』の牙を腕輪の中から取り出して、胸元にくっ付ける。

『魔獣合成』を使うと、僕の胸元から顎先が真っ赤な毛に覆われていき、鼻と口元が犬のような形に変化した。

僕が選んだ魔獣は『炎酷猿』と言って、炎のように真っ赤な毛に覆われた巨大猿だ。

名前に猿が付いているからお猿さんのような外見をしているんだけど、なぜか頭だけ犬という不思議な容姿をしていた。しかもこの魔獣、口から火炎放射器のように炎を吐く。その炎は地面の中にまで熱が通るらしく、地中も灼熱地獄《しゃくねつじごく》になるという。

今の戦いにぴったりでしょ！

肺いっぱいに息を吸った瞬間、その音に反応したタバセワ・アーシーが数匹地面から飛び出す気配があった。体を回転させながら炎を口から吐き出すと、奴らは地上に出てきた瞬間に焼《や》け焦《こ》げた。

自分の口から出たとはいえ、本当に火炎放射器のようにゴオオオォッ！　と音を立てながら発射される炎に、ちょっとビビってしまう。

画面を見ると、地面で燃えている炎の周辺にいたタバセワ・アーシー達が、焦ったようにワラワラと逃げ回っていた。

うん、けっこう効いているみたいだ。

そして、自分の周囲五メートルからタバセワ・アーシーがいなくなり、だいぶ動きやすくなった。

僕は『ショッピング』を開いてバーベキューの時に使用する固形タイプの着火剤を数個購入すると、それをパキポキと折った。

そりゃっ！　と心の中で勢いをつけて、遠くにいるタバセワ・アーシーがいるところへ放り投げる。

そして息を思いっ切り吸い込み、放り投げた着火剤めがけて炎を吹いた。

口で吹くだけだと届かない所であっても、炎酷猿の特殊な炎によって燃えた着火剤が周辺のタバセワ・アーシーを燃やしてくれる。

熱く燃え盛る炎で僕の周りの温度も高くなっているはずなんだけど、『魔獣合成』のおかげなのか、全然熱く感じなかった。

面白いことに、僕が燃やしたいと思ったものしか炎が燃え広がらないようだ。

こんなに熱く燃えているし、周辺の草木に燃え移ってもおかしくないはずなのに、それは全くない。

タバセワ・アーシーの数は、画面上でもものすごい速さで減っていた。

それから数分後、周辺のタバセワ・アーシーを撲滅《ぼくめつ》し終えた僕は、燃え盛る炎を消すためにフウーッ！　と炎に向かって蝋燭《ろうそく》の火を消すような感じで息を吹きかけた。

瞬《また》く間に炎が地上から消え去ったのを見た後、僕は合成を解いて元の姿に戻る。

「ふぃ～、終わったー」

《もう出て大丈夫～？》

腕輪からぴょこんと顔を出して、ハーネが確認しに来た。

「出てもいいよ」

僕が答えると、全員が外に出てきた。

ライ達に腕輪の中のことを聞くと、そんなに狭くないけどアプリの中に入っていた時の方が断然快適だったそうだ。

そうなんだ～としか言えなかったけど、僕はそこで初めてアプリの中が快適ということを知ったのだった。

画面を確認すると、『炎酷猿』の炎の脅威を感じてなのか、周りに集まりそうになっていた魔獣や魔草が離れていたのが分かった。

これならすぐに他の魔獣に襲撃される可能性は少ない。

「まさか中層階に入った瞬間に襲撃されるとは思ってもみなかったから、肝《きも》が冷えたよ」

景色が変わらなかったから、一瞬気を抜いてしまったが、ここは本当に危ない所なんだな……怖すぎる。

Aランク昇級試験の受験者が帰らぬ人となることは多々あるって聞いてはいたけど、その言葉にも納得出来た。

こんな魔獣がウヨウヨいるダンジョンに一人で入っていかなきゃならないんだ。

命の危険が伴ってもおかしくない。

もちろん、試験を受ける場所によって難度が若干変わることはあるだろう。しかし、どんなに難しいダンジョンでも試験を合格出来るくらいでなければ、Aランク冒険者として今後長くやってはいけないということなんだろうね。

　気を引き締めていかなきゃダメだな。

　両手で頬をパシッと叩いて気合を入れ直していると、レーヌが話しかけてきた。

《我が主、少し話さなければならないことがある》

「ん？　どうしたの？」

《今までは配下達に命じて、ダンジョン内にいる討伐対象の魔獣を探させていたが……この中層階ではそれが出来そうにない》

　レーヌの話によれば、この中層階はアーフェレスティス達にとって天敵となり得る魔植物が多く棲息しているそうだ。

　魔法が使えるレーヌやエクエスはともかく、配下の皆さんはそこまで攻撃性に優れておらず、自分の身を護れない。

　したがって、『巣《す》』に返してあげたいというのが、レーヌからのお願いだった。

「それは全然大丈夫だよ！　逆に今まで助けてくれてありがとう。本当に助かったよ。配下の皆さんにもよろしく伝えてくれると嬉しいかな」

《うむ、きちんと伝えておく》

　レーヌは頷くと、巨大な魔法陣を展開して配下達を『巣』に戻した。

「レーヌとエクエスは戻らなくて大丈夫？」
《我がいればいろいろと助言出来よう。それに、我らは危険だと思えば我が主の腕輪にすぐに逃げればよかろう》
《双王様のお側にいて、役立てれることがあれば率先してやりたいと思います！》
二人は僕の両肩に座りながら、そう言って笑った。
ハーネとライも鼻息を荒くしながら、自分達も頑張ると抱負を述べた。
なんていい子ばかりなんだろう。
僕って、本当に使役獣達に恵まれてるなぁ……この子達に報《むく》いるためにも、絶対にAランク昇級試験に合格しなきゃ！

中層階の内部へ足を踏み入れてから三時間が経ったけど……思ったより魔獣とエンカウントする機会は多くない。

とはいえ、遭遇した魔獣や魔草は今まで戦ったものよりはるかに手強《てごわ》かった。

瞬殺出来る個体が少なくなり、一回あたりの戦闘時間が長くなったし、魔力の消費量が半分になる魔道具がなければ、もたなかったかもしれない。

「はぁ……つっかれたぁ〜」

自分と同じくらいの大きさの蟻《あり》の大群を退治したあと、僕は地面にしゃがみ込みながら大きな溜息を吐く。

今回の魔獣は最初は二匹くらいしかいなかったから、戦力差で押しきれるかと思ったら、そんなに甘くはなかった。体は鋼鉄のように硬いし、口から蜘蛛《くも》の糸みたいな粘着《ねんちゃく》系の物質を吐き出してハーネやライの動きを止められたりするしで、かなり大変だった。

しかも、動けない皆を助けながら戦っている間に仲間を呼ばれて、数も不利になって泥沼化。

なんとか倒しきったけれど、相当体力を消耗《しょうもう》してしまった。

「今日はまだ『夜』になるってわけじゃなさそうだけど、早めに『宿舎』に入って休もうかな……」

《そうだな、それが良かろう》

疲れ切った体に鞭打って鍵を取り出し、僕はいつものように皆を連れて『宿舎』の中に入っていった。


ベッドの上で二時間ほど仮眠をとってから、夕食の準備に取りかかる。

「今日はお手軽レシピにしようかな」

『ショッピング』でフランスパンを大量購入してから、それを使っていろんなものを作ろう。

まずフランスパンをカットして、中間に切れ込みを入れてから焼き、作り置きしていたブロッコリーと半熟卵を味噌マヨネーズで和《あ》えたものを、その切れ込みの間に挟み込む。

これで一品完成だ。

次はある程度の薄さにカットしたフランスパンを深皿に入れて、そこにオニオングラタンスープを注ぎ、上にピザ用チーズをかけて溶けるまで温めて、仕上げに刻みパセリを振りかけた。

二品目を作り終わる前に、ローストビーフと新鮮なレタスと薄くスライスした玉ネギや、サーモンとアボカドとモッツァレラチーズを挟んだバケットサンドもそれぞれ作った。

最後に長いフランスパンを半分にカットして、その表面にピザソースを塗り、トマトと玉ネギとピーマンにベーコン、上にたっぷりのチーズをのせて焼く。

美味しいバケットピザの出来上がりだ。

時間もあまりかけずに作れたし、皆も美味しそうに食べてくれたのでよかった。

まだちょっと物足りなそうにしていたイーちゃんには、専用に獲っていた魔獣を与えた。

イーちゃんにもしっかりご満足いただけたようだ。

食後の片付けも終わり、ベッドの上でゴロゴロしていた僕は、タブレットを開きながら悩んでいた。

ダンジョンにいると魔獣や魔草と遭遇する頻度が高くなることもあれば、全く出会わない時もある。

昇級試験を受けている時に、対象の魔獣がどこにいるのか分からずに探し回っていたらかなり時間の無駄になるし、このままでは試験日の期限に間に合わなくなってしまう。

そこで今は、手っ取り早く魔獣を探す方法はないか模索中だ。

『ショッピング』のこちらの世界の物が売られている画面の検索欄で『ダンジョンで目的の魔獣を探す品物』と検索してみた。

何件かヒットしたので詳細を見てみると、それらしいアイテムがヒットした。しかし、下級ダンジョンだけ調べられるものであればお手頃価格だったんだけど、中級から上級になるにしたがってかなり価格が高くなることが分かった。

しかも僕が今いるような特殊系ダンジョンだと、その金額は数百万単位だった。

まぁ、今の僕にとって買えない金額じゃないから買っちゃうんだけど……

タブレットの課金額に比べたら可愛いものだ。

ポチッと購入ボタンを押した瞬間、丸められた羊皮紙《ようひし》が手元に届く。

紐《ひも》を解《と》いて広げると、びっしりと黒い古代文字のようなものが刻まれている中央に、丸く円を描くように空間があった。

『ショッピング』の画面に商品の取り扱い説明が書いてあったんだけど、この中央に所在を知りたい魔獣の体の一部を置くと、位置が分かるような仕組みになっているそうだ。

なんて優れものなんだ！　と思ったが、本来はベテランのAランク冒険者かSランク冒険者が使用する物らしい。

Aランクになっていない冒険者からすると、高額報酬を受け取っているわけでもないので、手が出しづらいし、特殊ダンジョンにいる魔獣の一部を手に入れるだけでもお金や労力がかかる。

それに危険な特殊ダンジョンに依頼で行くのは、大抵はAランク以上だから、そもそもBランク以下の者は使う機会がないのだ。

でも、僕の場合は『ショッピング』で目的の魔獣の一部を調達出来るから問題ない。

ということで、早速『ジンクヴィーダー』の居場所を確認するために、必要な素材を『ショッピング』で購入する。

普通に三桁は軽く超える金額だったけれど、僕にとっては手が届かない金額ではない。

ポチッと購入ボタンを押して、残りの『チュリートリー』と『ダールウィルグス』の素材も購入。

さすが特殊ダンジョンに棲息する魔獣というだけあって、三体の魔獣を購入したら金額が四桁まで膨れ上がっていた。

確かにこれは、普通のBランク冒険者だと軽い気持ちで買えないね。

「これって、一体ずつしか調べられないのかな？」

気になった僕は、羊皮紙をベッドの上に広げて、試しに中央の開いている部分に購入した三体の魔獣の部位を一緒に置いてみた。

爪や牙、エルフのような尖《とが》った耳などだ。

「お？　いけるかな？」

羊皮紙に刻まれている黒い古代文字みたいなものがシュルシュルと動いたと思ったら、文字が液状に溶けて、中階層の地図のような形に変形した。

そして三つの魔獣の一部が羊皮紙の中に渦《うず》を巻いて吸い込まれていくと、地図上の上に『ジンクヴィーダー』『チュリートリー』『ダールウィルグス』の位置が表示される。

羊皮紙の上にはそれぞれの魔獣がいる位置に下向きの三角が出ていた。

『ジンクヴィーダー』と『チュリートリー』は群れで動いているのか、数か所で『▼』マークが動き回っているのが分かる。

『ダールウィルグス』は、僕達がいる場所から真反対の位置に一体だけいるのが確認出来た。

「うーん……『ダールウィルグス』があまり移動しないようであれば、ここから離れているところにいるし、最後に回した方がいいかな」

まずは移動している二種類の魔獣を先に倒しておこう。

これを使って同族と離れている集団を狙って戦闘すれば、討伐が必要な数だけを相手にする立ち回りが出来るし、仲間を呼ばれた時に時間稼ぎも可能だ。

タブレットの『危険察知注意報』の場合、見られる範囲が限定されていて、しかも決められた魔獣の居場所だけを調べることも出来ないから、この羊皮紙の能力は助かる。

アプリのレベルを上げたらいいとも思うけれど、一段階上げるだけでもかなりの金額がかかるから簡単には出来ない。

それに、一段階上げたら必ずしも調べたい魔獣だけが表示されるようになるのか分からないことを考えると、なかなか勇気が出ないね。

何より、レベル上げより羊皮紙と魔獣の一部を購入した方が安く済むと分かっているなら、これは即購入を選ぶ。

ちなみに、この羊皮紙は『解除』しない限り、調べたい魔獣をずっと出し続けられる仕様になっている。

唯一の問題は、三十分ほど魔獣の位置を表示した後、十分間だけ表示されなくなる時間があるらしいことだ。理由は分からないけど。

ただ『危険察知注意報』も使うし、この羊皮紙だけをずっと見続けることもないから、大丈夫でしょ。

そう考えた僕は、羊皮紙をクルクル丸めて腕輪の中に入れて、明日の準備をしてから寝ることにしたのだった。

次の日、いつもより少し早めに起きた僕は、皆に朝ご飯を食べさせている間に、昼食の準備を進めた。

お昼はライの要望もあったし、タレがたっぷりかかった豚丼にしようかな。

実際は豚ではなく、魔獣のお肉を使用しているんだけど、そのお肉を焼いて甘辛なタレをたっぷりとかけたものだ。

それを温度が冷めない蓋付きの容器に入れて、腕輪の中に仕舞った。

ご飯は炊きたてのものが腕輪の中にもう入ってるから、あとはお昼を食べる時にお皿に盛り付ければいいだけだ。

「さて、それじゃあ外に行きますか！」

用意を済ませた僕は、皆と一緒に外へと続くドアへと向かう。

今日は早めに討伐出来ればいいな～と思いながらドアを開けた瞬間、とても冷たい冷気が流れ込んできた。

辺りが濃い霧《きり》で覆われている。

昨日までとは全く違う雰囲気を感じながら視線を正面に向けた時――

ゾワワワッ！　と全身に鳥肌が立った。

正面に……何か、いる。

濃い霧の中、フラフラと揺れ動く〝何か〟。

僕がその存在を確かめようと目を細めながら見つめていると、それがスゥッと音もなくこちらへ近付いてきた。

「……え、あれは」

ドアノブに手をかけながら目を凝《こ》らしていると、ボンヤリしていた輪郭《りんかく》がハッキリし出し——ここにはいないはずのクルゥ君がやってくるのが分かった。

左右にゆらゆらと揺れながら歩くクルゥ君は、何か面白いことがあったかのようにクスクスと笑っている。

「ク……クルゥ君？　なんで君がここに？」

《我が主、逃げるのだ！》

笑うクルゥ君に僕が話しかけたのと、ハッと何かに気付いたレーヌが叫んだのは同時だった。

僕がレーヌがいる後方へ顔を向けようとした瞬間、ドスンッ！　と体に衝撃が走る。

再び視線を戻すと、クルゥ君がいたはずの場所には、水銀のような液体の体を持ったスライムらしき物体が代わりにいた。

そいつは一本の太い腕のようなものを僕の方に向けていて——
僕はその腕の先を確認するようにゆっくりと視線を動かし……自分の身体を見る。
そこで、腕が僕の体を貫通しているのに気付いた。
《あ、主っ！》
《ご主人！》
《双王様！》
《お前達っ、我が主を早く中へ引き戻すのだっ！》
肝臓《かんぞう》の部分にぐさりと突き刺さるものをボーッと見ていると、レーヌが素早く命令する声が聞こえた。
ハーネとエクエスが僕の首元を掴み、ライが服の腰の部分を噛んで『宿舎』の中へ引っ張り込んだ。
手がドアノブから離れると同時に、レーヌが体を使って勢いよくドアを閉める。
僕は引きずられながらベッドがある部屋へと連れて来られたんだけど、その時にはもう言葉を喋ることも出来ない状態だった。
なぜか刺された痛みは全く感じないが、とても寒い。
皆が泣きそうな声で僕のことを呼んでいる。

何か喋らなきゃとは思うんだけど、僕はそのまま意識を失うように目を閉じたのだった。


「うわぁっ」

僕は叫び声を上げて、ベッドから飛び起きた。

冷や汗をかいているのか、体と服がすごく濡《ぬ》れている。

起きたと同時に慌てながら刺されたお腹を触って確認したが――

穴も開いてないし、血も出ていない。異常はなさそうだ。

ん？　もしかしてめっちゃリアルな夢を見てた？

《主ー！》

そんなことを思っていたら、ベッドの周辺にいたハーネとライ、エクエスがブワァッと目に涙を浮かべながら突進してきた。

イーちゃんだけ、状況が分かっていないようで、キャッキャと楽しそうに僕に体当たりしてきた。

「ぐぇっ、な、何事？」

僕は、何が起きているのか分からず、頭の中ではてなマークを飛ばす。

《我が主は、さきほど受けた攻撃で……本当に死ぬ間際《まぎわ》であった》

レーヌが顔の近くにゆっくりと飛んできて、僕にそう伝えた。

「え？」

状況がいまだ呑み込めずにあちこち体を見回したが、傷は一切ない。

服も特に破れた箇所《かしょ》はなかった。

僕が首を傾げていると、レーヌはたぶんフェリスさんのおかげだと教えてくれた。

《我が主はこのダンジョンに来る前に、あのエルフに守護か何かをかけてもらったのではないか？》

「守護？　あ、かけてもらった。右手の甲に小さな痣《あざ》が浮かび上がっていたはずだけど……」

僕はそう言って手の甲に目を落とした。

ダンジョンに入る前、フェリスさんはクルゥ君と僕に、命の危機に瀕《ひん》した時だけに発動する魔法を刻んでくれていた。

今見たら、その痣の半分が消えていた。

確かフェリスさんがかけてくれたこの魔法は、『二型発動魔法陣《にがたはつどうまほうじん》』と呼ばれるものだった。

その効果の一つは、一度食らうと死んでしまうような攻撃を弾いてくれる。

そしてもう一つは、意識がない状態で失血多量、心臓の鼓動《こどう》が止まりそうになった時に発動して、フェリスさんがいる場所へ転移するようになっている。

どうやら今回は前者で、瀕死の危機を救ってくれた形だった。

レーヌの話では、『宿舎』のドアを閉めた後、僕の体が金色の光に包まれたらしい。

僕の体を貫いていた物体は、レーヌがそのままにするのは危険だと感じて、魔法で引っこ抜いて特殊な魔法瓶に閉じ込めたそうだ。

そして『宿舎』に予備で置いていた魔法薬をじゃんじゃん傷口にかけたり、失血が多い場合に備えて置かれた増血薬《ぞうけつやく》を飲ませたりしてくれていた。

レーヌの迅速《じんそく》な判断と皆の助けで命拾いした。

それに、皆がすぐにフェリスさんの魔法薬を使ってくれなかったら、失血多量と判断されて、試験の途中でフェリスさんのもとに戻されていたと思う。

そうなれば試験は失格だ。

まぁ、試験よりも命の方が大事なんだけど。

「はぁ……皆、本当にありがとう」

慢心《まんしん》したつもりはなかったけれど、それだけじゃダメなんだ。

ここは命の危険が伴うダンジョンだということを再認識した。

「今日の討伐はやめようと思う。気持ちを落ち着けて、ちゃんと準備を整えてから、また明日から試験に臨むよ」

皆もその方がいいと頷く。

ベッドから出た僕は、皆の頭を撫でてあげる。

皆まだ心配そうな顔をしていた。

どっちかといえば、傷も負っていないし痛い思いもしていないから、心的ダメージはほぼない。

痛みを感じる前に意識がなくなったおかげだと思う。

「ん〜、フェリスさん……心配してるだろうな」

帰ったら、心配かけてごめんなさいって謝らないとな。

どれくらい寝ていたのだろうと思い、時計を確認したら、お昼より少し早い時間だった。

「もう少しでお昼ってことは、数時間経っていたのか……少し早いけど、お昼ご飯にしようか」

《おなかすいちゃ》

イーちゃんも空腹を主張する。

その言葉で昼食の時間をとると、そこから先はそれぞれまったりして過ごした。

ハーネとライは、ベッドの上でお腹を出した状態で大の字になって寝ていて、イーちゃんはエクスに櫛《くし》で毛繕《けづくろ》いしてもらっていた。

レーヌは優雅《ゆうが》にお茶を飲みながら、ダンジョン表層で手に入れた植物の種や鉱石《こうせき》などを調べている。

僕はテーブルの上に置かれている『瓶』を眺めつつ、腕を組んでう〜んと悩んでいた。

レーヌが魔法で作った特殊な魔法瓶の中に、僕を絶体絶命まで追い込んだ元凶が閉じ込められている。

親指と人差し指で魔法瓶の上の部分を顔の高さまで持ち上げると、水銀のような液体がチャポンッと揺れるのが見えた。

ぱっと見、スライムっぽいけれど……でもなんか今まで見たスライム系の魔獣とは違うような気がするんだよね。

「ねぇ、レーヌ。これって魔獣なのかな?」

瓶をゆらゆら揺らしながら近くにいるレーヌに聞くと、彼女は飲んでいたお茶のコップを置いて、僕のもとまで飛んで来てくれた。

《ふむ……それは我にもあまり分からん》

「そうなの?」

《それなりに魔獣は見てきたつもりだが……あんな種類の魔獣は初めてであった。もしかしたら魔獣とは違った種族なのかもしれぬ》

「そっか~、教えてくれてありがとう」

僕はレーヌにお礼を言ってから瓶を机の上に戻す。

「ん~、そうしたらタブレットのアプリでも確認してみようかな」

腕輪の状態だったタブレットを変形させて手に持ち、『カメラ』のアプリを起動させた。

瓶全体をパシャリと撮る。

それから『カメラ』で撮ったものの詳細を知ることが出来る『情報《じょうほう》』を使って、中の物体を確認したんだけど……

『情報』にはスライムに似た物体とだけ表示されていて、名前や種族、特徴といったそれ以外の情報は何も見れない状況だった。

どうやら今の僕自身やアプリのレベルだと調べられないらしい。これは試験が終わって『暁』に戻ったら、フェリスさんに聞いてみるしかないな。

それから今後に備えて『危険察知注意報』や『光の加護』のレベルも今のうちに上げておかなきゃならない。

『危険察知注意報』は人間や魔獣、魔草なら全て表示してくれるけど、それ以外のものはほとんど表示されないんだよね。

『暁』のメンバーで僕達のお兄さん的存在のラグラーさん達と一緒に何度かダンジョンに入った時、極稀《ごくまれ》に魔獣や魔草以外で精霊系のような存在に出会ったことがあった。

その時も、レベルがそんなに高くないものだと画面に魔獣扱いで表示されたけど、高レベルな個体は表示されなくなってしまったんだ。

今朝僕が『宿舎』のドアを開ける前に『危険察知注意報』が全く反応しなかったのは、相手が高レベルな精霊系、あるいは全く別の生物だったからなのかもしれないんだよね……

ちゃんと表示されていたら、ドアを開ける前に気付けるし。

それから『光の加護』はアンデッドや闇の精霊からの攻撃をある程度防ぐことが出来る。

レベルが上がるほど防御力が上昇するって書いてあるから、上げておいて損はないだろう。

このダンジョンはアンデッド系や精霊とかがいそうだから、活躍の機会が多いかもなぁ……

「これはレベルアップするしかないでしょ」

まずは『危険察知注意報』からだ。

どのくらいレベルアップすれば精霊みたいな存在が表示されるようになるのか分からなかったので、ひとまずレベルを一つ上げてみた。

特に効果に変化は見られなかったので、続けて二つ分レベルアップすると——

【New！　精霊・闇の精霊・妖精・アンデッド系などが表示されるようになります】

そう表示された。

いい感じだ！

次に『光の加護』のレベルを上げようとしたんだけど……これは一つしか上がらなかった。

先に、課金出来るお金が底をついたからだ。

とはいえ、これでも僕はあちこちに収入源がある。

いくつかの魔法薬店には定期的に魔法薬を卸《おろ》している。

中でも、〝ほぼ〟ウサギ獣人のリジーさんはお得意さんだ。

それにラグラーさんのお兄さん――シェントルさんが経営する飲食店に、僕がレシピを提供しているこどもあり、その莫大《ばくだい》な売り上げの一部も入ってきているはずなんだけど……

そのお金が『危険察知注意報』のレベルを三つと『光の加護』を一つ上げたら、びっくりするくらいガッツリ残金が減ってしまった。

一回で使用した課金額としては過去最高かもしれない。

「……うん、貯金が半分以下に減ったけど、命にはかえられないからな～」

必要経費だと思うことにしよう。

『光の加護』はたった一つしかレベルが上がらなかったものの、攻撃を受けた時の防御力が三十パーセント、状態異常を治す速度が二十パーセント上昇していた。

どのくらい強化されているかは攻撃を受けたことがないからあんまり分からないけど、多分すごいはずだ。

基本このタブレットは、課金額が高くなればなるほど効果が発揮されるから、そこは期待している。

もう一つの『危険察知注意報』は、レベルアップによって『精霊』『妖精』『アンデッド系』が表示されるようになった。

それから、追加機能で『危険回避経路《きけんかいひけいろ》』も手に入れた。

この『危険回避経路』がとても優れていて、カーナビに似た内容だった。

カーナビは渋滞《じゅうたい》がある場所や進みやすい方向を知らせるものだが、この機能は危険な魔獣やアンデッドなどと鉢合《はちあ》わせしそうになった時、安全に避難出来る経路を表示してくれるらしい。

これ、めっちゃよくない!?

その経路を使って絶対に逃げられるという保証はないとはいえ、逃げる場所に悩む必要が減るのはありがたい。

見える範囲だと今までとは変わらないが、いいレベルアップをしたと言える。

今すぐ使ってみたかったけど、『危険察知注意報』は羊皮紙と違って『宿舎』内で魔獣や魔草の表示が出ないいんだよね。

たぶんこの場所がダンジョン内と切り離された空間にあるからだと思う。

とりあえずアプリのレベルアップを終えた僕は、その場で伸びをした。

「さてと……それじゃあ、レベルアップも済んだし、他のことでもしようかな」

テーブルの上に置いていた魔法瓶を腕輪の中に仕舞い、そこへ魔法薬を取り出して種類別に並べていく。

これまでは、フェリスさんからもらった魔法薬をこの部屋の中に半分ずつ置いていたんだけど、非常時のためにある程度の魔法薬を追加で常備しておいた方が良さそうだ。

僕はベッドの近くの壁に取り付けられている棚《たな》に、数種類の魔法薬を置いていった。


武器の手入れまで終えてから、明日の昼食の準備をしようと思い立って台所に立った。

「う～ん、何にしようかなー」

危険な場所で手早く食べられるものといえば……おにぎりじゃない？

そう考えて、僕は腕輪の中から炊き立てのご飯と数種類の具材を取り出した。

ご飯にサッとお塩を振りかける。

動いたあとは少ししょっぱいものが食べたくなる時があるからね。

台所のワークトップの上にラップを敷き、その上にご飯をのせて具材をおいた。

ラップでくるりと包み込むようにしながら握っていく。

僕のおにぎりの大きさは普通サイズで、ハーネとライ、それにイーちゃんはその倍以上の大きさだ。

レーヌとエクエスには、サクランボくらいの小さくて可愛いおにぎりを作った。

中の具材は『唐揚《からあ》げマヨネーズ』『高菜《たかな》』『醤油《しょうゆ》おかか山葵《わさび》』『明太子《めんたいこ》』『鮭《しゃけ》』『えび天』『しそ昆《こん》

布《ぶ》』『豚角煮《ぶたかくに》』と多種多様にしています。

ラップに包んだままランチボックスの中に入れて、蓋を閉めて腕輪の中に仕舞う。

時間を見たら、夕食の時間が近づいていた。

「何を作ろうか……」

僕は新しい悩みに頭を抱えたのだった。


命の危機に瀕した翌日、僕は『宿舎』の玄関ドアの前に立ちながら、空間に浮かぶ画面をガン見していた。

「……うん、危険はなさそうだ」

昨日の今日で、外に出た瞬間に死にそうになるのは嫌だ。

ちなみに『危険察知注意報』は、ドアの前まで行けば外に敵がいるかどうかがちゃんと表示される。

ドアを開けて外に出た後、すぐにライに元の大きさになってもらい、鞍を付けてから、皆で乗る。

移動を開始しながら羊皮紙を開くと、地図上のあちこちに目的の魔獣達が表示された。

一番近いところに『チュリートリー』がいたんだけど、表示されている数が思ったより多く、その近くに別行動している群れもいた。

これだと戦っている最中に、別の群れが援護《えんご》しに来るかもしれない。

仲間を呼ばれたら討伐が困難になるのは目に見えている。

一方、それとは正反対の位置に、『ジンクヴィーダー』の反応があった。

こちらは群れているというほどではなく、二体ずつが二手に分かれて行動しているようだ。

これなら『ジンクヴィーダー』の討伐から始めた方がよさそうだ。

「この二つのうち、まずは手前側の二体を先に潰《つぶ》しちゃおう。それからすぐに移動して、もう二体も倒しに行こうか」

僕は道のりを指示しながら、ライの足音を消す魔法薬と僕達全体の気配を消す魔法薬をかけた。

イーちゃんは最初ライの頭の上に乗りたそうにしていたんだけど、落ちたら危険なので腕輪の中に入ってもらっている。

ただ、一人で入るのは嫌っ！　と駄々《だだ》をこねられたので、エクエスにお守りをお願いして一緒に中に入ってもらった。

羊皮紙に表示された『ジンクヴィーダー』の二体はそれほど移動していないようだった。

別の二体はさっき見た位置から離れたところに移り始めている。

これは戦いやすくなったかもしれない。

空間に浮かぶ画面を見る限り、今日はそれほど危険な魔獣は周りにいなさそうだった。

とはいえ、この中層階に来た時のように急に画面に表示されることもあるから、警戒は欠かさない。

僕よりもハーネやライ、レーヌの方が本能的に気配に敏感なので、彼らの力も借りている。

闇の精霊やアンデッド系の反応は確認出来なかったから、今のところ『光の加護』は使っていないけれど、もし画面にそれらが表示されたらすぐに起動するつもりだ。

ライの背中に乗って魔獣図鑑を見ながら、僕はこれから戦う『ジンクヴィーダー』の情報を確認した。


【ジンクヴィーダー】
・獰猛《どうもう》な性格で攻撃的。
・主に空から攻撃を仕掛けてくる。
・口から出る炎は岩をも溶かし、鋭い爪は全てのものを引き裂く。

——と書かれていた。

鷲《わし》の顔、豹《ひょう》の体で、背中には巨大なドラゴンのような翼が生えている。

めっちゃ強そうだな……

口から炎を出すって書いてあったから、『タバセワ・アーシー』を倒した時みたいに『炎酷猿』を合成して、こちらも炎で対抗したらいいんじゃないか？

そう思い立って、レーヌに相談してみる。

《やめておいた方がいい》

「どうして？」

《我が主が使う魔獣の炎と『ジンクヴィーダー』の炎はどちらも高火力すぎて、危険極まりない。一歩間違えれば、辺り一面火の海になる》

「それは……考えていなかったな」

《それに、『ジンクヴィーダー』は炎や熱に耐性を持っているが、我が主はそうもいかぬだろう。能力の一部を自身に取り込めたとしても、全てではない。自身が噴いた炎の熱と『ジンクヴィーダー』が吐き出す炎の熱を浴び続ければ、たちまち肌は焼《や》け爛《ただ》れ、血液まで沸騰するであろうな》

「怖っ！　絶対ダメなやつじゃん」

真っ黒に焼け焦げちゃって死が確定している、みたいな戦い方は出来ないね。

でも、魔獣図鑑を見ても弱点らしいものは書いてない。

空を飛べなくさせればかなり戦いやすくはなりそうだけど、どうすればそれが出来るのか……

「何かいい手は——うぇっぷ」

今後の戦い方に悩んでいたら、顔面全体にねっちょりした感触のものが引っかかった。

僕が慌てて顔に付いているものを払いのけると、それは蜘蛛の糸だった。

ライが木と木の間をスルリと駆け抜けた瞬間、蜘蛛の巣が自分の顔に当たったようだ。

うおぉぉっ！　気持ち悪い。

手で拭っても取れなくて、ウヘェ～ッと眉を顰《ひそ》めていると、僕を見たレーヌが魔法で蜘蛛の糸を焼いて取り払ってくれた。

「ありがとう」

僕を傷付けずに、一瞬にして焼き払える魔法の精度……レーヌは相変わらずすごいと思う。

それから目的地まであと半分のところで、ふと先ほど顔にかかった蜘蛛の糸のことが頭に過《よ》ぎった。

たしか昔何かで聞いたことがあるけれど、蜘蛛の糸を一センチくらいの太さにしたら、飛んでるジャンボジェット機を捕まえられるらしい。

ナイロンと同じくらいの伸縮性《しんしゅくせい》があって、鋼鉄の五倍は強靭《きょうじん》。それなのに重さは鋼鉄の六分の一で使いやすいみたいな話だったはずだ。

そんな強度と伸縮性に優れた蜘蛛の糸があれば、『ジンクヴィーダー』を簡単に捕まえられるんじゃ……？

僕は急いで魔獣図鑑のページを捲って蜘蛛系の魔獣を探した。

「くも……クモ……蜘蛛……あ、あった！」

条件に合いそうな蜘蛛っぽい魔獣は三種類いたんだけど、中でも『ピュピュリット』がぴったりだと思った。

ピュピュリットは名前の響きにぴったりな白い毛に覆われたふわもこボディで、真っ黒でクリクリな目もとても可愛らしい。

だけど、象と同じくらいの大きさで獰猛な性格、くわえて超絶肉食系の魔獣だから、中身は全く可愛くない。

魔獣図鑑の補足説明を見たら、かなり強靭な糸で敵を絡めとると書いてあったので、最適でしょ！

さっそく僕は、『ショッピング』でピュピュリットの触角を購入した。

空間に浮かぶ画面と羊皮紙を確認し、もう少しで『ジンクヴィーダー』がいる場所に着くと思った僕は、ライとハーネに今後の動きを伝える。

「手前側にいる二体の『ジンクヴィーダー』の近くに寄ったら、まず僕が奴らの動きを止める。二人は『ジンクヴィーダー』に炎を吐かせないように攻撃していてほしいんだ。動きを止めたら、僕が突っ込んでいくから」

《はぁ～い！》
《分かった》
「レーヌは腕輪の中に入って待ってて」
《うむ》
レーヌは鷹揚《おうよう》に頷くと、エクエスとイーちゃんが待つ腕輪の中に入っていった。
その様子を見た後、僕はもう一度周囲の安全を確認してから『魔獣合成』でピュピュリットを自分の口元へ合成した。
外見に大きな変化は起きなかったけれど、口元から喉《のど》付近までが真っ白に変化した。
口元に合成したのは、ピュピュリットが口から糸を吐き出して噛み切る特徴があるためだ。
普通の蜘蛛が糸をお尻から出すことを考えると、今回はそのタイプじゃなくて本当に良かった！
《ご主人、バレたみたい！》
走っていたライが前を見ながら僕に報告する。
離れた距離にいる『ジンクヴィーダー』を見たら、嘴《くちばし》の隙間から火を溢しながら警戒態勢を取っていた。
僕はライの背中から鞍を取り外しながら飛び降りる。
身軽になったライが、ハーネと一緒に全速力で『ジンクヴィーダー』へ向かっていった。

僕が飛び降りる前に、ハーネが風魔法を使って『ネル』の中心花の花粉を『ジンクヴィーダー』のもとへ送り、奴の動きを鈍らせる。

それを見ながら地面に着地した僕は、そのまま一気に息を吸い込んでから勢いよく口から糸を吐き出す。

まるでネットランチャーのようにすごい速さで飛んで行く網は、先に突撃していたハーネとライを追い越して、ギョッと目を見開く『ジンクヴィーダー』の体に巻き付く。

その体が地面の上に縫い付けられるかのように張り付いた。

『ジンクヴィーダー』は羽や体、鋭い爪を使って暴れるが、全く動けない。

そこへハーネとライの魔法攻撃を顔に受けたことで、炎を口から吐き出す攻撃も封じられていた。

僕は、もう一度地面に倒れ伏す二体の『ジンクヴィーダー』に向かって蜘蛛の糸を吐き出し、動きを完全に封じた。

そして『魔獣合成』を解き、腰に佩いている剣を引き抜いて駆け出す。

今のところ作戦通りだ。

このまま簡単に倒せるんじゃないか？

そう思った瞬間、空間に浮かぶ画面に反応があった。

体が瞬時に反応して、僕は転げるように右側に飛びのく。

進む方向にいた先の地面から植物の蔓が出現していた。

ウニョウニョ動いている蔓を見て、僕は溜息を吐く。

なんで今出てくるかなー。

おそらく地中で眠っていたところ、僕達が戦闘しているのに気付いて起きてきたようだ。

《我が主、あ奴は『ドーカ』という巨大魔草だ》

レーヌが腕輪から顔だけ出して、教えてくれる。

あの魔草に攻撃性は全くなく、弱ったり動けなくなったりした人間や魔獣に寄生して、養分を吸収するだけとのこと。

魔法薬の素材にもならないから、倒しても大丈夫だと説明してもらった。

なるほど。それなら魔草によく効く除草剤系の魔法薬を使ってみようかな。

炎で焼き払おうとも考えたけれど、魔草の一部が動けなくなった『ジンクヴィーダー』の体に巻き付いていたのを見てやめた。

万が一炎を使って『ジンクヴィーダー』の体に移ってしまったら、今度はその炎を消すのに手間がかかるからね。

そう考えた僕は、『ショッピング』で強力な除草剤系の魔法薬を大量に購入し、もう一度『魔獣合成』でハーネの翼を生やして地上から飛び上がる。

そして、魔法薬が入った瓶を魔草の本体と『ジンクヴィーダー』に巻き付いている枝やら蔓に上空から当てていく。

瓶が割れた瞬間、液体が付着した部分が一気に水分を奪われたようにシワシワに枯れていった。

悲痛な声を出しながら、五分後には巨大な魔草全体が枯れてしまった。

空間に浮かぶ画面を見たら、魔草の反応がなくなっており、絶命したのが分かった。

僕は、『魔獣合成』を解いて地上に戻り、地面に縫い付けられている『ジンクヴィーダー』のもとへ向かう。

体に何重にも枝や蔓を巻き付けられていた『ジンクヴィーダー』は、ライから強烈な雷攻撃を落とされて気絶していた。

その口元はハーネに凍らされて、炎を噴けなくなっている。

僕は眉間——後から『ジンクヴィーダー』の弱点だと判明した部位——をそのままサクッと剣で突き刺して倒してしまった。

「ふぅ……邪魔が入ったけど、思ったより簡単に倒せてよかった」

『ジンクヴィーダー』の体に何重にも巻き付いている枯れた魔草を取り外してから、ギルドに提出するために体の一部を切り取ろうとしたところで……

蜘蛛の糸が邪魔だと気が付いた。

僕が吐き出したものとはいえ、触《ふ》れたらくっ付いてしまうので、素手では触《さわ》れない。

ここは再度『魔獣合成』で『ピュピュリット』の力を借りよう。

今度は口元じゃなくて手だ。

合成した手元を見れば、細かい毛がびっしりと生えている。

そしてちょっと脂《あぶら》っぽい。

地面にしゃがんで、『ジンクヴィーダー』の体に張り付いている糸をツンツンと指で突っついてみると、ちょっとくっ付くところと、全くくっ付かないところの二種類があることが分かった。

大まかにツンツンした後、くっ付かない部分の糸を掴んで一気に引っ張り——

ベリベリベリッ！　と音を立てて、『ジンクヴィーダー』の体から糸を全て剥がしていった。

それからもう一体の『ジンクヴィーダー』の体からも同じように蜘蛛の糸を剥がし終える。

『魔獣合成』を解き、前脚を切り取って袋にしまってから、僕は羊皮紙に目を向けた。

「よぉ～し！　二体討伐完了だ。残りは一体！」

さっき見た『ジンクヴィーダー』達は、それほど移動していなかった。

このまま倒してしまおう！

ライの背に鞍を付け直して乗ってから、残りの『ジンクヴィーダー』がいる場所まで走り出す。

レーヌ達には引き続き腕輪の中に入ってもらったままだ。

走っている間、ライとハーネに体力と魔力の回復魔法薬を与え、途中でお昼休憩を挟む。

次の目的地まで到着した僕達は、残りの『ジンクヴィーダー』も難なく倒すことが出来た。

今回は他の魔獣や魔草に邪魔されずに済んだ。

ギルドに提出する数より多くの『ジンクヴィーダー』を倒せたので、余った分は解体して魔法薬の材料にした。

僕は周囲の危険がないことを確認してから、レーヌとエクエス、イーちゃんを腕輪から出す。

イーちゃんはおねむ中だった。

腕輪の中に入れたままでも良かったんだけど、起きた時に一人だけだと気づいたら泣いてむくれるだろうというレーヌの言葉に従って、僕の服のフードに移した。

奥深くに入れたけれど、落ちたり、避難時に腕輪の中に避難してもらったりするために、お世話役のレーヌとエクエスにも一緒にそこに入ってもらった。

「さてと……次に近いところにいるのは『チュリートリー』だな」

地図上だとちょうど真ん中あたりに表示が出ていた。

『ダールウィルグス』がいるところは、ダンジョンの一番端——僕達がいる場所と真逆の位置だ。

『チュリートリー』のところまでは、おそらくライで走り続ければ一日、ハーネを使って半日くらいの時間がかかる。

『ダールウィルグス』のところまで行くとなれば、その倍だ。

移動だけで時間がかかると分かったので、さっそく行動を開始した。

移動時間を短縮するために、ハーネに声をかける。

「ハーネ、ちょっと大変だろうけど、お願いしてもいい？」

《もっちろん！　任せてぇ〜♪》

「空での飛行が危険になったら……ライにまたお願いするね」

《ライ、頑張る！》

「ありがとう」

二人の頭を撫でてから、ハーネに大きくなる魔法薬を飲んでもらい、鞍を取り付けて乗る。

《いっくよー！》

ハーネが翼を大きく動かすと、僕達は一瞬にして地上から離れて空へ上がっていく。

まるで一気に上空へ駆け上がる絶叫マシンに乗っている気分になった。

こればかりは、何度経験しても一瞬ヒュンッと心臓が縮む感じがするんだよね。

そう思っている間にも、ハーネが爆速でダンジョン内を移動する。

僕は画面と羊皮紙を交互に見ながら、ハーネに飛ぶ方向を指示し続けた。

ライはハーネの首元に座って前方を、エクエスは僕の肩に移動して後方を監視してくれている。

広大なダンジョンの中は危険な魔獣と遭遇する率が高い反面、全く出会わない時もある。

常に後者であってほしいと思っているんだけど……

魔獣図鑑を見ながら、次のターゲットである『チュリートリー』を探したが、見つけられない。

……これは、魔獣じゃなくて別種属なのか？

僕はそう思って、『ショッピング』でアンデッド系や精霊系が載っている本を探す。

ただ、価格がとんでもなく高かった。

基本的に、精霊やアンデッドは普通のダンジョンに棲息しておらず、特殊ダンジョンや上級ダンジョンの中層階以上で見かけるものだ。

とはいえ、それらのダンジョンは攻略するのもかなり大変なため、内部構造、そこに棲息する魔獣や魔草、精霊やアンデッドの『情報料』もかなり高くなる。

ただ、今回は必要経費なので、高くても買っちゃいます！

ポチッと購入ボタンを押した瞬間、分厚い本が手元に届いた。

パラパラとページを捲り、お目当ての項目を探した。

「さてさて、『チュリートリー』はどんな奴かな」

【チュリートリー／闇精霊《やみせいれい》】
・魔法や物理攻撃は効かず、精神攻撃を放ってくる。
・精神攻撃を受けてチュリートリーに操られた場合、仲間同士で攻撃し合うようになる。
・攻撃を受けた者は、幻覚や幻聴、悪夢を見るようになり、最終的に衰弱死《すいじゃくし》してしまう。
・通常の精神異常を治す魔法薬は効かない。

こんな情報と一緒に、『チュリートリー』の絵が載っていた。

見た目は深海にいるクラゲみたいな姿をしている。

半分透けた薄紫色をしていて、傘《かさ》の下に透明なレースのようなものがついていて、細長い触手が何本も生えていた。

弱点を確認すると『触手』と書かれていた。

全て切り落とせば倒せるらしいが、この触手は猛毒で、触れる時には注意が必要そうだった。

続けて『ダールウィルグス』の情報を確認しようと思ったが、こちらも魔獣図鑑じゃなくて新しく買った本に載っていた。


【ダールウィルグス／アンデッド】

・名立たる騎士や冒険者が無念の死を遂げた後に、何らかの理由で変貌《へんぼう》した存在。
・主に剣術などの攻撃を仕掛けてくるが、闇系の魔法を使用する場合がある。
・一騎討ちを好み、敵の数が多くなるとバーサーカー状態になり、危険度が増す。

さらに補足として、主に剣術を使うが、稀に槍を使うタイプがいると書かれていた。

どうやら槍持ちは戦闘難度が上がるらしい。

剣より槍の方が長さがあって、こちらの攻撃が届きにくくなり、相手のリーチは広がると考えたら、強くなるのも納得出来る。

出来れば、自分が討伐する時は剣を持っている奴であってほしいと心の中で祈る。

それから『ダールウィルグス』の絵に視線を移すと、軍馬に乗った、首から上がない騎士だった。

片腕には長い飾りが付いた兜《かぶと》を抱えている絵が描かれている。

「首無し騎士かなって思ったけど、頭はちゃんと自分で持っているのか」

最後に、『ダールウィルグス』の弱点を見たら、腕に抱えている兜だと判明した。

どちらも分かりやすい弱点を持っているけど、そう簡単には倒せないに決まっている。

移動中に出来る限り対策しておこう。

レーヌも、これから対峙《たいじ》する『チュリートリー』と『ダールウィルグス』についてはよく知らないらしい。

けど、今までも色々助言してくれたので、すっかり参謀役《さんぼうやく》だ。

一緒に話し合いながら、必要な物を『ショッピング』で購入した。

「ん～……ここからは本格的に『光の加護』が必要になってくるな」

どちらも精霊系やアンデッドと分かり、僕はこのアプリの出番だと直感した。

それから、『ダールウィルグス』と戦う時はハーネやライにも腕輪に入ってもらった方がいいな。

僕以外の姿を見たら、『ダールウィルグス』がバーサーカー状態になってしまう可能性があるし、そうなったら勝てる見込みが低くなるからだ。

それだけは避けないと。

ハーネの背中に乗っている間に、『ショッピング』で魔法薬の補充を済ませる。

途中羽虫のような魔獣の群れに出くわしたけど、ライが電撃を当てて倒していた。

まるで殺虫スプレーをかけられた虫のように、魔獣はポトポトと地上に落とされていく。

ハーネの飛行で移動時間を短縮出来たので、『チュリートリー』がいるところまでの距離は半分ほどになった。

でも、『チュリートリー』も元いた場所から移動しているので、接敵には時間がかかるかもしれない。

休憩を挟まずに飛び続けているハーネには、体力や魔力回復の魔法薬を適度に飲ませている。

時折好きなお菓子も食べさせてあげていた。

ライもそうだったけど、ハーネもどんなに長い距離を走ったり飛んだりしたとしてもニコニコしている。

好きなお菓子をいっぱいもらえるからかな。

なんか可愛いよね。

もちろん、レーヌやエクエス、イーちゃんにもお菓子をあげている。

イーちゃんは……お菓子だけじゃいつも足りなさそうにするから、魔獣のお肉もプレゼントしている。

成長期なんだろうか？


それから飛び続けることおよそ五時間――

羊皮紙を見ると、『チュリートリー』がいるところまで残り一キロほどの所まで来た。

辺りに他の魔獣や危険な存在がないかを画面で確認してから、地上へと一度降りることにする。

ハーネの背から降りて、『チュリートリー』がどの場所にいるのか確かめると、僕達が立っている場所以外にポイントが四つあった。

他の『チュリートリー』は、ハーネで飛んでも半日はかかるような、かなり離れたところにいるから、仲間を呼ばれても大丈夫だろう。

ただ問題なのは、羊皮紙に表示される対象の数が正確ではないことだ。

羊皮紙に『▼チュリートリー』の表示が三つあったとしても、『危険察知注意報』の画面では五つになっているというケースがある。

たぶん、羊皮紙には目的の対象物の有無は表示されても、正確な数までは分からないみたいだ。

もっと正確な数を表示させる羊皮紙もあったけれど、値段が高すぎてさすがに手が出せなかった。

『危険察知注意報』なら数は断然正確だけれど、今のアプリレベルだとダンジョン全体を表示させられないため、羊皮紙と比べても一長一短だ。

『危険察知注意報』でダンジョン全体を表示させるためには、僕自身のレベルとアプリレベルを上げなければならない。

つまり、こちらにも莫大なお金がかかるのだ。

さすがに無理っ！

だから今の僕は、討伐対象がどこにいるのかを羊皮紙で調べて、それから『危険察知注意報』の画面で数を確認していく方法をとることにしている。

この方法で、目的の『チュリートリー』を見たら、十体ほどいた。

かなり数が多いけれど、これを倒したら討伐数も十分。

絶対今回の戦いで倒し切りたい！

今回も、イーちゃんとレーヌ、それにエクエスには専用の腕輪の中に入ってもらった。

精霊系の『チュリートリー』に有効なのかは分からないけれど、もう一つの腕輪の中から気配と足音を消す魔法薬、それに足を速くする魔法薬を取り出し、自分とハーネとライにかける。

「よぉ～っし、行くぞ！」

大きく深呼吸し、気持ちを落ち着けてから駆け出した。

廃都市が広がるダンジョン内だからか、都市部から離れたところにある森の中を見回しても、木々や草花は少し枯れた感じに見える。

元気なのは魔草くらいだ。

魔法薬のおかげで、枯れた草花を踏んでも音は鳴らなかった。

僕達はそのまま無音で走り抜ける。

一キロから八百メートル、五百メートル、三百メートルと討伐対象へ近付くにつれて、空中を泳ぐように飛ぶ『チュリートリー』の姿をはっきり視認出来るようになった。

『チュリートリー』は、僕達が五百メートル離れた場所を走っていた時からこちらのことを認識出来ていたらしい。

薄紫色だった体の色がほんのりと赤みがかった紫色へと変化した。

どうやら警戒態勢に入ったようだ。

かなり離れた場所からハーネとライが魔法攻撃を放つが、彼らの雷と風の攻撃は『チュリートリー』の体に触れる寸前にスゥッと消失してしまった。

足止めくらいは出来るかもと思っていたんだけど、どうやらそれも無理みたいだ。

ハーネとライには腕輪の中に入っていてもらおう。

僕がそう考えて、二人に声をかけようとした時——

チリン、リンッ、チリン、という鈴《すず》を転がすような音色《ねいろ》が聞こえてきた。

なんだろう？　と思った瞬間、キラキラと光る白銀の粒子が僕の周りを舞った。

同時に、グリエティル様からもらったピアスから、ピィーッ！　という警報音が鳴り響く。

初めて耳にする警報に、思わず体がビクッとした。

このピアスが反応するということは……敵が精神攻撃か何かを放ってきた合図《あいず》だ。

何が起きるかと警戒していると——

《シャアーッ！》

《グルウゥ！》

ハーネとライが唸り声を上げた。

「ハーネ、ライ！」

『光の加護』がある僕は精神攻撃を寄せつけないけれど、使役獣達には効果がある。

『チュリートリー』が放つ音色をもろに聞いたせいで、ハーネとライは『チュリートリー』に操られてしまったようだ。

目が完全に赤く染まった二人が、突然お互いを攻撃し合うように吼《ほ》えて、噛みつき合い、体を絡ませながら地面の上を転がり回る。

「くそっ」

僕は胸元にある『光の加護』のペンダントを左手で触りながら、お互いに攻撃し合うハーネとライへ右手を向けて『浄化《ピュリフィケイション》』と唱える。

僕の手元から溢れ出した光が二人を包み込んだ。

《……あれ？　なんか体が痛いぞ？》

《……いてて、ん？　なんでハーネがライの体に絡まってるの？》

正気を取り戻した二人が、きょとんとした顔のまま地面の上で転がっている。

「ハーネ、ライ、腕輪の中に入って！　早くっ！」

いまだ状況を理解出来ていないハーネ達に叫ぶと、二人は素早くこちらに駆け寄ってきた。

そしてそのまま腕輪の中に入っていく。

二人の怪我の具合が気がかりだったけど、まずは目の前の『チュリートリー』を討伐しないと。

視線を『チュリートリー』に戻すと、体の色が真っ赤になっていた。

僕に精神攻撃が効かないこと、ハーネとライを正気に戻したことが分かって、警戒を一段階引き上げたのだろう。今にも攻撃してきそうだ。

細い触手から垂れた毒液が地面を焼いている様子が目に入った。

僕は『ショッピング』で購入しておいた、『チュリートリー』の毒にも効く強力な毒液無効の魔法薬を飲み、剣にも毒液による腐食を防ぐ魔法薬を噴きかけた。

「さてと、ここからは一人で頑張りますか」

この毒液無効の魔法薬の持続時間は三十分だけなので、それまでに倒さないといけない。

『チュリートリー』が出し続けている綺麗な音色に反応して、『光の加護』が僕の周りに光の粒を漂わせていたものの、敵が見にくくなるといったことは一切なかった。

魔法攻撃も物理攻撃も通さないらしいけど、グリエティル様にかけてもらった呪《まじな》いのおかげで、僕は剣での物理攻撃が可能になっている。

まずは集団から離れたところに浮いている『チュリートリー』に目標を絞り、剣を持ったまま駆け寄った。

危機を察知したのか、その個体が逃げるように後方へと泳いでいくが、僕の足よりは遅かった。

僕はグッと地面を踏みしめて飛び上がり――

高速で剣を左右に振って二体の『チュリートリー』の触手を傘から切り離す。

ピュー！　という悲鳴のような音を出しながら、地面へと落ちそうになる『チュリートリー』。

だけど、その体はふらふらしながら、まだ空中に浮かんでいた。

「……ん？」

僕が斬った『チュリートリー』が、ブルブルと体を震わせたと思ったら、体を分裂させて新たな仲間を作り出した。

「はぁっ!?　なんか増えてるしっ」

分裂して新しく誕生した『チュリートリー』には一切傷がない。

倒したと思ったら、完璧な状態な個体が一体増えてしまっただけだった。

どうやら触手は一本でも残っていると倒せないのだと分かった。

それどころか、すぐにアメーバみたいに分裂して新しい個体を作り出すことが出来るのだ。

これは時間をかければかけるほど面倒な戦いになるな……

地面に降りてそう思っていると、『傀儡師』によって僕の体が、横に避けるように飛んでから駆け出していた。

どうやら、知らぬ間に後方から近付かれていたみたいだ。

『チュリートリー』が空中を浮かびながら触手を振り回して毒液をまき散らすが、僕は体を回転させたり地面を転がったりしてその攻撃を躱す。

そして走りながら『光の加護』のネックレスを触り、一瞬立ち止まってから周りにいた『チュリートリー』へ向けて『浄化《ピュリフィケイション》』と叫んだ。

周りにいた十二頭の『チュリートリー』の動きが、ネックレスから放たれた白銀の光を浴びて鈍くなる。

空中でビクビクと動きながらその場から動けなくなっている『チュリートリー』の触手を、片っ端から斬った。

その際は、なるべく一回の斬撃で傘の根元から切り離すようにした。

浮いていて届かないものに対しては、ハーネの翼を生やして飛んで、剣を振る。

僕は、闇精霊を相手にそんな格闘をしばらく続けたのだった。


「ふぅ……数が増えた時はどうなるかと思ったけど、なんとか倒し終えたな」

周りを見れば、地面が毒液ですごいことになっていた。

この状態でハーネ達を腕輪から出すのはちょっと危険そうだから、まだ中にいてもらおう。

毒液無効の時間はまだ五分くらい残っているし、討伐した『チュリートリー』を袋に詰める作業まで出来そうだ。

今のうちにさっさと片付けようか。

毒耐性があって防御力の高い手袋を腕輪の中から取り出して手に嵌め、切り離した触手ではなくて傘の部分を五つ入れていく。

もしかして、これも食材として使えたりするのかな？

『レシピ』で確認すると、決まった手順通りに乾燥させて加工すれば、中華クラゲのような食感になることが分かった。

僕は余った傘の部分は我が家の食料にするために、違う袋に入れて腕輪の中にしまったのだった。

『チュリートリー』と戦っていた地点から少し離れて、安全な場所に移動し終えてから、僕は腕輪の中に避難していた皆に声をかけた。

「さっ、出てきていいよ」

《終わったぁ～？》

ハーネ達がのんびりした口調でそう言って出てきた。

「うん、終わったよ。それよりハーネとライは怪我とか大丈夫？」

《うん、大丈夫！》

《少し毛が抜けただけ》

『チュリートリー』の精神攻撃で操られていた二人だったけど、酷い怪我はないようでホッとした。

それも束の間《つかのま》――

《双王様、何やら良くない気配がします！》

エクエスが辺りを見回しながら声を上げた。

空中にある画面を見たら、エクエスが言う通り、危険な魔獣が僕達がいる方へ向かってくるようだった。

移動速度は速くないし、まだまだ距離もあるけど、早めに避難した方が安全だ。

近くに魔草も寄ってきているようだし、ここで戦うと、他の魔獣や魔草、それ以外のものを引き寄せてしまいかねない。

「エクエス、教えてくれてありがとう。ハーネ！」

《はぁ～い！　皆も早く乗って～》

ハーネを呼んで大きくなる魔法薬を飲ませ、すぐに背中に乗った。

地上では、地面からタコのような植物が生えてきていて、バラバラに落ちている『チュリートリー』の触手を絡めとるように掴みながら地面の中へ消えていたところだった。

怖っ。

ホラー映画のワンシーンを見ているようだと体を震わせていると、レーヌに風邪を引いたのかと言われてしまった。


それからしばらくハーネに乗って移動を続けた。

僕は、ハーネに飛ぶ方向を指示しながら、最後の討伐対象である『ダールウィルグス』の居場所を確認する。

対象の位置が把握出来るはずの羊皮紙には、なぜか名前が出ていなかった。

「あれ？」

《どうした、我が主？》

「いや、羊皮紙でダールウィルグスがどこにいるのか調べようと思ったんだけど……表示されないんだ」

《あぁ……それは今いる中階層ではなく深層階へ移動したからであろうな》

「えっ、そうなの？」

まぁ、僕達が各階層を移動出来るんだから、ダンジョンに住んでいる彼らが移動出来るのも当たり前かもしれない。

それからレーヌに教えてもらったところによると、基本表層階にいるものは中層階の手前までしか行けないんだって。

奥まで進めば、自分より強いものに倒されるからなんだとか。

ダールウィルグスのような強い個体は、中層階の奥深くから深層階に縄張りがあるのかもしれないとの話だった。

ちなみに、ダンジョンでよく『手前』とか『奥深く』といった表現を使うけど、どこまでが手前か奥かといった明確な区分はないそうだ。

比較的弱い魔獣や魔草とかが棲息している区域を『手前』、危険なものが出てくる場所を『奥深く』と表現しているだけらしい。

稀に上から下に進むダンジョンがあるけど、その場合は下に行けば行くほど危険度が増す。

奥よりも手前側の方に、より危険な魔獣が出てくるダンジョンはないんだって。

一つ賢くなりました。

《それで、我が主。これからどうするのだ？『ダールウィルグス』が出現するのを待つか？》

「いや、今日はもう引き揚げようかな。『宿舎』に入ってゆっくり休んで、明日に備えようと思う」

《そうだな、それが良かろう》

この中層階で比較的安全な場所までハーネに移動してもらって、今日は探索終了だ。

安全な場所に降り立った僕達は、鍵を使って『宿舎』の中に入り――はぁ～っと息を吐き出した。

今まで気付かなかったけど、かなり緊張していたみたいだ。

肩がガッチガチに固まっている気がする。

「今日はご飯の前にお風呂に入ろうっと」

ありがたいことに、この『宿舎』はお風呂付きだ。

僕は、お風呂場に行って湯船にお湯を溜めつつ服を脱いだ。

イーちゃんも入りたそうにしていたので、一緒に入れてあげる。

最初にイーちゃんの体を洗ってあげてから、シャワーで自分の顔と頭、体を洗って湯船に入った。

「ふぃ～♪」

疲れた体が温かいお湯で癒される。

楽しそうに湯船の中で泳ぐイーちゃんを見て笑う。少しすると、イーちゃんは僕の肩の上に乗って一休みし始めた。

泳ぎ疲れたのかな。

「はぁ……疲れた」

一度死にかけたけど、それ以外は比較的順調に昇級試験の討伐をこなせていると思う。

ただ、最後の『ダールウィルグス』は今までのようにはいかないだろうな。

たぶん、僕が使える全てのアプリを駆使してようやく討伐出来るアンデッドだ。

今まで以上に頭を使って立ち回らないと、試験に落ちる可能性が大である。

僕は口元をお湯に付けてブクブクしながら、パーティの皆の顔を思い浮かべた。

この昇級試験を合格して、皆でAランク冒険者パーティの『暁』になりたい。

「……皆、今頃何をしてるのかな」

僕はお風呂場でポツリとそう呟いた。

それぞれの課題

静かな森の中に、酷い爆発音が何度も響き渡る。

爆風が周りの木々を薙ぎ倒し、周囲にいた魔草が慌てて避難していた。

私――グレイシスは、その様子を横目で見ながら、長い溜息を吐く。

「まったく、フェリスのおかげで凄く面倒な試験を受けることになったわね」

やれやれと頭を振っている私の目の前では、大怪我を負った巨大な魔獣が涎《よだれ》をまき散らしながら吼えていた。

魔獣の周囲には氷の粒が集結しており、それがどんどん大きくなって、数十本の巨大な氷柱《つらら》へと変わっていく。

体中から血を噴き出している魔獣が、グオオォッ！　と吼えながら首を左右に振った。

同時に、周囲に浮いていた氷柱が凄いスピードで私目がけて向かってくる。

鋭い氷の先端が私の近くまで迫るが――

事前に展開した金色の保護魔法に当たって溶けていった。

「はぁ……Aランク昇級試験っていうからどれだけ難しいのかと思っていたけど、案外それほどでもないのね」

肩にかかった髪を手の甲で後ろに払いながら、私は〝最後の標的〟へと視線を向ける。

私は二日ほどで課題になっていたほとんどの魔獣や魔草を討伐し終えていた。

最後の一体は、探す時に時間はかかったものの、倒すのはそれほど難しくなかった。

私はニコリと笑うと、元の姿――魔族としての本来の姿に変化しながら、とどめを刺すために魔法陣を展開する。

以前までは、魔族としての姿なんて大っ嫌いだった。

でも、クルゥやケントが「カッコイイ！」って言い続けてくれるおかげで、今の姿も好きになってきている。

女性にその言い方はどうよ？　ってたまに思うけどね。

それに、この姿に戻ると魔法の威力も格段に上がる。

「さぁ、それじゃあそろそろ終わりにしましょう？」

ふわりと髪が宙に浮くと同時に、手のひらに集まった魔力が膨張《ぼうちょう》し、光の速さで魔獣へと向かう。

その光は、鋼鉄より硬い魔獣の皮膚《ひふ》を突き破ると、弱点である喉元《のどもと》の一部を破壊した。

巨大な魔獣を倒してから――そのついでに周囲の魔草や魔獣も巻き添えにしてしまったのはさておき――私は人間の姿に戻る。

「Aランク昇級試験ってもっと難しいと思っていたけど……意外と呆気なかったわね」

討伐対象の魔獣の一部を魔法で採取して、ギルド提出用の袋に入れた。

その後、帰還するための魔法陣が刻印された紙を腕輪から取り出す。

「早く家に帰ってお風呂に入って、ケントの美味しいごはんが食べたいわ」

私はそう言いながら魔法陣が刻印された紙を引き裂き、ダンジョンを後にしたのだった。

◇　◇　◇

「他の皆も、今ごろそれぞれの課題を頑張っているのだろうな」

『暁』で冒険者をやっている私——ケルヴィンは水中で、各地のダンジョンに飛ばされた他のパーティメンバーのことを考えていた。

水中とはいっても、今私がいるのは海や川、湖の中ではない。

目標を追っていたら、罠に嵌められてしまい、今は『水獄《すいごく》』の中に囚《とら》われていた。

『水獄』は地上にいながら水の中に沈められているような状態で、呼吸が難しくなる。

だが、私は魔法で口の周りに空気を溜めることで対処していた。

自分の周りをグルグルと泳ぎ回っている数十匹の魔獣は、熊《くま》よりも大きな魚だ。

以前一緒にこのダンジョンに来た時、ケントが「めっちゃ巨大な出目金《でめきん》！」と叫んでいたのを思い出す。

確かに目が飛び出しているから、『出目金』と言われればそうだな。

私はそんなことを呑気《のんき》に考えていた。

ダンジョン深層階に棲息しているかなり危険な魔獣とはいえ、私にとってはそれほど脅威にならない存在だ。

「……」

心の中で、提出する部位以外はケントに渡せば美味しい食材になるのでは？　と思考が変わる。

刺身や漬け丼というものも美味《うま》いが、レアカツや竜田《たつた》焼き、ステーキ、ハンバーグもいいな。

頭の中で、ケントが作る料理のことばかり考えてしまう。

「討伐はお前達で最後だし、さっさと倒してしまおう。新鮮な状態を保つために、早く帰らなければ」

私は剣を持っている手にグッと力を込めた。

水中にいるとは思えないほどの速さで魔獣に飛びかかり、切っ先を振り上げる。

ものの五分もしないうちに、数十匹いた大きな魚達は全部袋の中に収まった。

『水獄』が解けた周囲は水浸《みずびた》しだった。

私は風と火の魔法を使って濡れた服や髪を素早く乾かすと、早く帰る為に帰還の魔法陣を起動させた。

◇◇◇

「はぁ～、俺やケルヴィンが当たったダンジョンにクルゥとケントが来られていたなら、絶対一発合格間違いなしって感じだったよな」

俺――ラグラーは、倒した魔獣が折り重なった山の上に座りながら、しみじみと言った。

試験を受ける前に互いの行き先を見たが、自分やケルヴィン、それにグレイシスが当たったダンジョンは、ギルドの依頼や魔法薬に必要な素材採取などで何度も来たことがある場所だった。

昇級試験での課題になっていた討伐対象も、クルゥやケントの今の実力であれば、頑張って一人で倒すことが出来るはずだ。

だがケント達に割り当てられたのは——

「確か、あいつらが向かったのは特殊系ダンジョンだったよな……まぁ、フェリスの魔法があるから死ぬことはないだろうが。大怪我しなけりゃいいけど」

俺は、パーティの仲間であり、弟子でもあるケントとクルゥに思考を巡らせた。

二人を心配する気持ちは止まらない。

いつの間にか、辺りに血なまぐさい臭いが漂ってきた。

ピクリ、と眉毛が動く。

「お、本命の登場じゃん。魔獣の血の臭いを嗅いでようやく出てきたな」

折り重なった魔獣の山の上から地面に降り立つと、俺は視界の先にいた魔獣を見据える。

雄牛《おうし》の頭、屈強《くっきょう》な人間の体で、その手には巨大なこん棒のような武器を持っている。

そんな魔獣の姿を見て嘲笑《ちょうしょう》すると、魔獣が低い唸り声を上げた。

この魔獣の咆哮は、本来なら耳にした者に精神異常を起こさせる効果がある。

だが、俺はそれを鼻で笑ってから耳をほじる仕草をした。

「そんなのは効かねぇーよ」

俺が挑発すると、魔獣が吼えながら突進してきた。

だが、魔獣は俺に近付けば近付くほどスピードが遅くなり、目の前まで来た頃には体や足や腕、それに顔すら動かすことが出来なくなっていた。

それもそのはずで、俺は自分の周りに、目に見えにくい糸のようなものを何重にも張り巡らしていたからだ。

この道具は、髪の毛よりも細いのにどんな金属よりも硬く、俺が望めば対象を拘束《こうそく》したり斬り付けたりすることが出来る。

この道具を操るのは、俺専用の能力の一つだった。

体が絡みついて動けなくなっていた魔獣が、怒りながら暴れ出す。

しかし暴れれば暴れるほど、それは絡みついて自由を奪っていった。

「いやぁ〜、ウチのパーティメンバーだったら脳筋《のうきん》が多いからよ。すぐに魔法や剣でぶっ飛ばして片付けるんだろうが、俺は頭脳タイプなわけよ」

俺はそう言って、指先で頭をトントンと叩く。

「頭を使えば、強い魔獣だって簡単に倒せる」

そう言いながら、俺は手前にある〝糸〟に手を伸ばして指で弾く。

糸のようなものがググッ！　と締まり、魔獣の弱点である背骨を折った。

「見ろよ！　アホの一つ覚えみたいに突っ込んでいかなくたって、つえー魔獣を倒すことは出来るんだ」

誰も見ていないが、俺は決め台詞《ぜりふ》のように言い放った。

それから、息絶えた魔獣の一部を腰に佩いている剣で切り取り、袋に入れる。

この能力自体隠しているわけでも出し惜しみしているわけでもないが、『暁』のメンバーはほとんどが脳筋で構成されているから、自分はメインで戦わず、抑える役回りになることが多い。

『暁』のメンバーは魔法でバーンと周囲の魔獣を吹き飛ばす奴や、剣を持って特攻していく奴ばかり。

だからこの能力の出番があまりない、というわけだ。

中でもリーダーが一番の脳筋女だから、俺が頭を使って指揮をしなければならず、戦う場面がそんなにないのだ。

討伐対象を倒した俺は、元いた折り重なった魔獣の山に戻る。

「よっしゃ！　これで全部の魔獣を討伐し終わったな。あ、この魔獣の山の中に食えそうな食材があったら、持って帰って、ケントになんか作ってもらうか」

俺は折り重なった魔獣の山から、食べられそうな魔獣をピックアップして袋に詰めていく。

「さてと、帰るか」

魔獣の選別を終えた俺は、懐から帰還用の魔法陣が刻まれた紙を取り出す。

たぶん、自分やケルヴィン、グレイシス辺りであれば、早めに昇級試験を終わらせることが出来るが、クルゥとケントはもう少し時間がかかるだろうな。行き先も特殊だし――

無事に帰って来られればいいんだが。

そんなことを思いながら魔法陣を発動して、俺はギルドへ向かったのだった。

◇　◇　◇

「……マジで今のは危なかった。一歩間違えば本当に死ぬところだったな」

パーティの昇格試験を受けていたボク――クルゥは、いつものように朝起きて、討伐の続きをしようと『宿舎』のドアを開けたのだが、その直後に闇精霊がドアの近くに現れたのだ。

しかもその精霊から、あと少しで即死系魔法を食らうところだった。

まだ『宿舎』の中にいた使役獣であるグリフィスが、服を引っ張って中に引き入れてドアを閉めてくれたおかげで最悪の展開を免《まぬが》れた形だ。

「油断してたな……なんでか顔も痛いし」

油断しているつもりは全くなかったんだけど……気を引き締めなきゃな。

気の緩み一つで本当に命を落としてしまう。

ヒリヒリする顔の中心を擦《さす》っていると、肩に乗ったグリフィスが心配そうな顔で見つめていた。

「大丈夫だよ」

ボクは体を撫でながら、自分の唇を噛みしめた。

次にまた同じようなことが起きれば、問答無用でフェリスのもとに戻されてしまう。

せっかく討伐対象の魔獣をかなり集めて進捗《しんちょく》も順調なのに、それだけは嫌だ。

出来ることなら……いや、絶対にAランクに昇級したい！

ボクは心の中でそう思いながら、腕輪の中から一枚の羊皮紙を取り出した。

この羊皮紙は、昇級試験を受ける前の日にフェリスからもらったものだ。

ボクとケントは、フェリスの自室に呼ばれ、「クルゥ、ケント君、もし必要な物があったら、ここから自由に持って行っていいからね！」と言われたのだ。

そこで、ボク達は魔法具や魔法薬といったいろんな物が入っている『お宝箱《たからばこ》』の中から、好きな物を借りた。

ケントが何を選んだかは分からなかったけれど、ボクはこの羊皮紙を借りることにした。

これは魔獣や魔草、それに精霊系やアンデッド系などの存在を表示するものだ。

効果範囲はあまり広くなく、自分を中心とした半径三百メートルほどだけど。

最初に見た時は、凄い道具があるものだと驚愕《きょうがく》した。

ケントにも使わないか聞いてみたけれど、必要ないと言われてしまった。

どうやら彼は、この羊皮紙に似た物をもう持っていたらしい。

だったら遠慮なく、とボクはその道具を借りることにしたのだった。

ただ、これにも問題点はあって、魔力を注がなければ発動しないらしい。

魔力回復薬は大量に持ってきているけど、ダンジョンの移動中に戦闘するなら、そこで消費してしまう。

出来るだけ消費は抑えたいけれど……

表層階にいた時と違って、今いる場所では今回のように急に魔獣に出くわすこともないとは言い切れない。

「今後、『宿舎』から出る時は、魔力の温存とか言ってないで、この羊皮紙を頼った方がいいかもなぁ。ん？　なんだこれ」

いろいろ考えながら独り言を呟いていると、床に座っている自分の足元に何か塊みたいなものがあるのに気付いた。

恐る恐るその塊を指で摘まんで持ち上げて見ると、それは手のひらサイズの小さな少女だった。

その少女が気絶したようにダランと手足を投げ出している。

「いつの間にこんなのが入ってきたんだ⁉」

よくよく見ると、その額には大きなたんこぶがあった。

そして、ふと思い出す。

「……あ……なんか顔の中心が痛いと思ったら、こいつがドアを開けた瞬間にボクの顔にぶつかってきたんだった」

思い返せば、闇精霊の即死系魔法を食らう直前に、この少女が飛び込んできて、衝突してしまったのだ。

「もしかして、こいつもあの闇精霊から逃げていたのかな？」

それなら、ボクが死にそうになったのは、この存在が原因では？

はぁ、と溜息を吐いてから、ボクは部屋の中に戻った。

まだ外にヤバい奴がいる可能性もあるし、今日は外に出ないようにしよう。

気絶したままの少女を部屋のテーブルの上にそっと置き、様子を確認してみるが――全然目を覚ます気配はない。

気持ちよさそうに寝ているとすら思えてくる。

「襲われてたのに呑気《のんき》に寝てるなんて……神経が図太いのか、お馬鹿なのか……」

ボクは腕輪の中から怪我を治す魔法薬を取り出して、少女の額のたんこぶに塗った。

ついでに自分の鼻のてっぺんにも塗り込んでおく。

テーブルの上で寝ている女の子を見るが、闇落ちしたみたいな邪悪な雰囲気は感じられない。

見た目からしても普通の妖精なんだと思う。

妖精は、個体によっては人間と友好的な関係を築けるものも存在するが、一方で闇精霊と同じくらい質《たち》の悪いものもいる。

ただただ好奇心だけで人間を惑わせたり、混乱させたりして、人が困る姿を見て楽しむようなタイプだ。

実際にこの精霊がどちらかは、目覚めるまで分からないけど……

「まぁ、今それを気にしても仕方ないか。グリフィス、しっかり見張っておいて」

《クルルゥ！》

寝ている妖精をグリフィスに見てもらっている間、ボクはベッドの近くに置いている椅子に座って腕輪から本を取り出した。

『宿舎』にいる間はだいたい、ダンジョン内での行動計画を練ったり、集めた情報をまとめたりといった作業をしていたんだけど、こういうちょっと空いた時間では自由に過ごすと決めている。

息抜きは大事だからね。

今回は愛読している文豪の新刊を読むことにした。

室内は静かで、本を集中して読むのには最適だった。

読書に没頭していたら、かなり時間が経っていた。

自分のお腹の鳴る音で、お昼時になったことに気付く。

「あれ、もうこんな時間か」

ボクは栞《しおり》を挟んで本を閉じてから、台所に向かった。

腕輪の中からお皿とコップ、フォーク、それからケントが作ってくれたお昼ご飯を取り出していく。

今日のお昼は『あんかけ焼きそば』というものだ。

パリッパリの麺に野菜やお肉がいっぱい入ったトロッとした濃厚なあんがかかっていて、ボクが大好きなメニューの一つである。

鼻歌を歌いつつ、保温機能付きの水筒の中に入っているあんを、お皿にのせた麺《めん》にかける。

「さて食べようか！」

ボクがグリフィスの分も用意してから、持っていこうとしたところで——テーブルの上にいた妖精と目が合った。

彼女は起き上がって、じっと僕の方を見ている。

……あ、この存在のことを忘れてた。

「やぁ、ようやく気付いたみたいだね。頭の怪我は治療しておいたけど、他に痛いところはない？」

あんかけ焼きそばをテーブルの上に置いて、ボクは妖精に尋ねた。

妖精はボクの言葉が分かるようで、大丈夫だというように首を横に振った。

そして涎《よだれ》を垂らしながらあんかけ焼きそばを見つめる。

「………食べる？」

《――！》

頭がとれそうなくらい高速で頷く妖精を見て、ボクは腕輪から小皿を取り出した。

自分のお皿から少し取り分けて、妖精の前に置く。

フォークは妖精が使えそうなものがないので、ケントからもらった爪楊枝《つまようじ》なるものを二つ手渡した。

これを使ってみてと勧めると、妖精は両手で爪楊枝を持って器用に食べ始める。

《――⁉》

「あはは、美味しいだろ？　これはボクの親友が作ってくれたご飯なんだ。まだあるから、焦らずゆっくり食べなよ」

こうしてボクとグリフィス、そして妖精という不思議な組み合わせでのお昼ご飯の時間が始まった。

ご飯を食べ終えて、ボクが食器を洗っていると――

《――》

妖精が服を引っ張ってきた。

いつものように口ずさんでいた歌をやめて、ボクは妖精に尋ねる。

「ん？　何？」

彼女は、鈴を転がしたような音を口から出しながら、ボクを見つめた。

もしかしてもっと歌えってことなのかな？

パクパクと口を動かしながら楽しそうに体を左右に揺らすのを見たボクは、彼女の思いを察して歌を再開した。

妖精がニッコリと笑う。

洗い物が終わった後も、妖精はボクに歌を歌うようにねだってきた。

その要望に応えてしばらく歌っていると、かなり満足した表情の妖精が、興奮したように空中をクルクルと回り出す。

それから、彼女はボクの顔の前に来て羽を動かしながら止まり、ボクの額に自分の額を合わせた。

「え？」

何をするのかと疑問に思った瞬間、体の中を清涼《せいりょう》な風が吹いたように感じた。

もしかしてこれって――

「……君、今ボクと契約《けいやく》したの？」

《ふふふ！》

嬉しそうに笑う妖精の顔を見て、ボクは確信する。

契約したおかげかは分からないが、妖精の言葉も少しだけ理解出来るようになった。

ちゃんとした内容までは分からないけれど、ボクと妖精の間に絆《きずな》か何かが出来たからか、彼女の感情が手に取るように分かる。

不思議な感じだ。

しかも、妖精と契約した時にグリフィスとの絆も繋がったようだ。

グリフィスの感情も、前よりはっきり読み取れるようになっていた。

「うわ、凄いな、これ」

妖精は嬉しそうにボクの周りをクルクルと回りながら、綺麗な声で歌う。

ボクとグリフィスの体がキラキラと光り輝き出した。

「もしかして君、光属性の妖精なのか？」

《るるるるぅ～》

肯定して笑う妖精に、ボクは驚愕した。

今まで魔獣や魔草、それにいろいろな生態図鑑を見てきたけれど、確か妖精の中でも光属性のものはかなり稀少《きしょう》だったはずだ。

光属性の妖精はアンデッド系や闇精霊に強く、攻撃が通りづらい奴らにダメージを与えることが出来ると言われている。ただ、数があまりに少なく、使役出来る人間も数百年現れていないため、その能力は未知数だった。

ボクはそんなすごい存在と契約してしまったことに内心興奮していた。

その感情を抑えて、努めて冷静に口を開く。

契約は成された。

あとは名付けのみだ。

「君の名前は『レイチェル』だ。これからよろしくね」

ダールウィルグス

朝になり、僕――ケントは外の様子を確認してから『宿舎』を出た。

うんっ！　と腕を伸ばしてから大きく息を吐き出す。

「はぁ～。それじゃあっ、最後の討伐に向かいますか！」

今日の目標は、最後の課題である『ダールウィルグス』を倒すこと。

奴の性質を考えると最初から一人で戦わなきゃいけないし、今までの討伐の中で一番難しくなりそうだ。

けど、これを倒せばAランク昇級試験の合格が見えてくる。

絶対に討伐しなきゃ！

両頬を叩いて気合を入れ、空中にある画面と羊皮紙を見る。

『ダールウィルグス』は、ダンジョンのちょうど中間辺りまで来ていた。

周りにあまり魔獣が出現しなそうな位置だし、戦いやすい地形でかなりありがたい。

『ダールウィルグス』との戦いに参加しないハーネとライには、かなり離れたところで待機してもらって、近づいてくる魔獣や魔草の駆除をお願いした。

「よしっ、やるぞ！」

僕はライの背に乗って、標的の近くまでしばらく走ってもらう。

そして到着したのは、『ダールウィルグス』から一キロほど離れた場所だ。

複数人で近付いて、『ダールウィルグス』がバーサーカー状態になってしまうと困るからね。

「ハーネ、ライ。見回りお願いね！」

僕はライの背から降りて、そう言い残す。

《分かった、主も頑張って！》

《任せて！》

ライとハーネの言葉を背に、一人行動を開始した。

別れる前に、魔草が嫌いな臭いを発する魔法薬をハーネとライに大量に渡しておいた。

大量の魔法薬の瓶をポシェットの中に入れて二人の首にかけると、ハーネは空に飛び立ち、ライはハーネとは別の方向へ走っていった。

これで、僕と『ダールウィルグス』が戦っている最中に邪魔が入る心配はかなり減っただろう。

レーヌには空が飛べないライの代わりに、頭に乗って周囲を一緒に警戒してもらうことにした。

イーちゃんにも離れたところで待っていてもらおうと思ったんだけど、僕とは離れたくないと駄々をこねたので、腕輪の中に入ってもらう。

絶対に外に出ちゃダメだよ！　と言い聞かせて。

念のため、エクエスにイーちゃんのお守《も》りを頼んであるし、大丈夫だろう。

空中に浮かぶ画面で、『ダールウィルグス』の表示を確認した。

画面内に敵の表示が出たのを見て、僕は羊皮紙を仕舞う。

そしてスウッと深呼吸をしてから剣を抜き放ち、『ダールウィルグス』がいる方へ向かった。

足音や気配を消したり、体力や魔力を回復したり、今から使えそうな魔法薬を使っておく。

特に魔力は、戦いの最中に回復する余裕があるか分からないから、常に満タンにしておかないとね。

画面には、『ダールウィルグス』の周りに数十体の魔獣がウヨウヨと動いている表示があった。

もしかしたら、魔獣と『ダールウィルグス』が戦っているのかもしれない。

これは、漁夫《ぎょふ》の利《り》を狙えば難なく倒せるのでは……？

どんな魔獣が喧嘩《けんか》を吹っかけているかは分からないけど、『ダールウィルグス』の体力をけっこう削《けず》ってくれているといいなぁ～。

なんて思っていたんだけど――

足音を立てずに目的の場所にまで到着した後、岩陰から『ダールウィルグス』と魔獣との戦いを見て、僕はその認識が間違っていたと悟《さと》った。

目の前で起きていたのは、一方的な魔獣の虐殺《ぎゃくさつ》だった。

正直言えば、さすがの『ダールウィルグス』も数の暴力には敵《かな》わないんじゃないかと考えていたんだけど、まったくもってそんなことはなかった。

『ダールウィルグス』が手にしていた槍をぶん回すと、恐竜《きょうりゅう》のような巨大トカゲが弾き飛ばされて宙を舞った。

そしてそのまま『ダールウィルグス』の槍で串刺しにされる。

「……しかも、持っている武器が槍なのか」

僕の願いは届かず、より討伐が難しい槍のタイプに当たってしまったようだ。

コソコソ隠れながら戦いの成り行きを見守っていると、『ダールウィルグス』の体と乗っている馬全体の周囲に、赤黒い炎のようなものが揺らいでいるのが目に入った。

魔獣図鑑の絵で見た時はあの炎のようなものはなかったし、おそらくあれがバーサーカー状態の目印なのだろう。

「これ……このあと僕がそのまま戦ったら、かなり危険なのでは？」

そう考えているそばから、最後のトカゲが槍を振り下ろされて地面に串刺しにされた。

あんなに大量にいたのに、『ダールウィルグス』に手も足も出ないなんて……

そのまま観察し続けていると、『ダールウィルグス』の足元から真っ暗な闇が広がり、トカゲ達がその闇の中に沈んでいく。

トカゲが消えるのを見た僕は、岩陰にソーッと姿を隠した。

さて、これからどう戦おうか。

バーサーカー状態のままの『ダールウィルグス』と戦っても、勝率はかなり下がるだろう。

ここはいったん撤退か——

そう思った瞬間、僕の体が自動的に反応して地面に伏せた。

同時にブンッ！　という音が鳴ると、僕が隠れていた岩がバラバラに砕け散る。

『傀儡師』がなかったら、吹き飛ばされているところだった。

慌てて転がるようにしてその場から離れ、『ダールウィルグス』を見る。

敵は長い槍を僕がいた場所に向けていた。

どうやらかなり前から僕の存在に気付いていたようだ。

攻撃範囲内からいったん離れた僕は、剣を構えながら『ダールウィルグス』を見つめた。

まだバーサーカー状態になっているからか、その覇気《はき》で肌がピリピリする。

どうすればこの怒り狂った状態を戻すことが出来るんだろう？

さんざん悩んだ末、僕はあることを思い出した。

確か『ダールウィルグス』は『騎士』であり、『一騎討ち』を好む性質があったはずだ。

騎士の礼なんて覚えはないけれど、自分が思い描く騎士をイメージしてみた。

剣を胸の前で持ち、『ダールウィルグス』に向かって叫ぶ。

「ぼ、僕はケントです。正々堂々と戦います！　よろしくお願いします！」

敵相手にこんなことをしているのは、僕くらいのものかもしれない。

というか、他の魔獣相手だったら速攻で襲われていてもおかしくない。

効果があればいいけど……と思い、『ダールウィルグス』の様子をチラリと窺う。

しばらく僕の方に顔を向けていた『ダールウィルグス』だったが、その体の周りから徐々に赤黒い炎のようなものが消えていく。

もしかして、成功したのか？

「……お？」

赤黒い炎が完全に消えた後、奴は馬を操って僕の正面に立つ。

それから、長い槍を体の前で掲げるように持った。

どうやら僕が名乗ってから宣言したことで、向こうも一騎討ちを始めるものだと認識して、バーサーカー状態が解除されたようだ。

しかし問題はここからだ。

バーサーカー状態が解除されたからといって、槍を持った『ダールウィルグス』が強いことに変わりはない。

『ダールウィルグス』がアンデッドだから、『光の加護』は効果あるよね、と思って起動しているかを確認した。

『ダールウィルグス』に正対すると、相手が腕を下ろす。

奴の甲冑《かっちゅう》がガシャリと鳴った瞬間、僕は駆け出して攻撃を仕掛けようとするが——

『ダールウィルグス』の長い槍に進路を防がれてしまった。

振り下ろされた槍での攻撃を、体を少し傾けて躱す。

『光の加護』で強化した剣を使って槍を捌き切ろうと思ったが、めちゃくちゃ重いし硬いしで、受け止めきれない。

そう判断した僕は、急いで距離を取り、体勢を整えた。

その間、なぜか『ダールウィルグス』が攻めてくることはなかった。

ただ、黙って僕の方に体を向けるだけだ。

……騎士道精神か何かだろうか?

まぁ、今の僕にはありがたいけど。

ただ、こっちも攻めあぐねていた。

槍だとやっぱり間合いが広すぎて、馬や体にまで剣が届かない。

ん～、これは普通に戦うのは無理だな。

僕は腕輪の中から『ピットザハ』の爪を取り出して腰に当てる。

『魔獣合成』を使うと、自分の腰から足あたりが豹《ひょう》の脚のような形に変化した。

トントンッとその場で地面を蹴ってから前に踏み込んだら――一瞬にして『ダールウィルグス』の懐に潜り込むことが出来た。

そのまま腕を振って剣で斜めに斬り付けようとするが、『ダールウィルグス』は槍の柄で受け止めてきた。

僕は馬の体を蹴って距離を取りながら槍の柄の部分を見た。

損傷したはずの箇所が、瞬く間に治っていく。

嘘でしょっ!?

もしかして自動回復機能も備わっているのだろうか……

《双王様、あ奴はアンデッドなので、本体以外に与えたダメージは即座に回復されてしまいます！》

僕の疑問に答えるように、エクエスが腕輪の中からピョコッと一瞬顔だけ出した。

そしてまたすぐに腕輪の中に引っ込んでいく。

「な、なるほどね。ありがとう」

新たに得た情報に、僕は顔を引きつらせた。

『ダールウィルグス』の本体は、たぶん弱点でもあるあの飾り毛が付いた兜でしょ。

がっしりとした腕で持っているだけなので、一見兜だけを狙えばいいように思うが、あの槍のせいで『ダールウィルグス』に近付くことすらままならない。

先ほどは虚《きょ》を衝《つ》いて懐に入ることが出来たけど、たぶん次はそんな簡単に近寄らせてくれないだろう。

ならばと、僕は剣を鞘に戻してから『ショッピング』でクナイ——忍者が使うような両刃の武器を大量購入した。

その武器に『光の加護』を付与し、『ダールウィルグス』の胸元や胴体、腰、腕、脚、それに馬目がけて次々投げ続ける。

『ダールウィルグス』はその長い槍を使って僕の攻撃を防ぐが、さすがに全部は防ぎ切れなかったのか、一撃、二撃、と腕や脚に当たり始める。

そのまま僕は『ダールウィルグス』の周りを距離を取って移動しながら攻撃していった。

武器が少なくなれば『ショッピング』を開いて補充する。

僕が際限なく投擲《とうてき》を続けていたら、ついに『ダールウィルグス』が動き出した。

奴は槍を持っている腕で兜を挟んで抱えると、空いた手を僕に向けて掲げる。

その瞬間、ネックレスの形をしている『光の加護』が一際明るく輝き出した。

「うわっ、なんだ――って、えええっ!?」

眩《まぶ》しさで、僕が腕で目元を庇《かば》ったと同時に、真っ黒な闇が『ダールウィルグス』の手から一直線に放たれた。

その闇は『光の加護』が発した光によって防がれるが、弾かれた余波が周囲の石や岩に触れると、それらを跡形もなく消滅させた。

怖っ!?

でも、恐怖に震えている時間なんてない。

馬の嘶《いなな》きがしたかと思えば、前足を大きく上げて竿立《さおだ》ちになる馬に乗った『ダールウィルグス』が、目の前にいたからだ。

奴は今まさに僕に向けて槍を振り下ろそうとしているところだった。

「――くっ!」

僕は、回転しながら横に飛んで槍の切っ先を躱しつつ、安全な場所に逃げようとする。

だが、馬もそのすぐ後ろで追いかけてくる。

僕が合成した豹に似た『ピットザハ』の脚の方が『ダールウィルグス』の馬より速かったおかげで、なんとか安全圏まで逃げることが出来た。

その間に攻撃のチャンスはなく、逃げ続けるしかなかったけれど。

槍の攻撃を避けている間、ずっと呼吸すらままならなかったので、息が荒くなっている。

だが、そんな疲労も、回復の魔法薬が自動で消費されて、すぐに元通りになった。

「……こんな戦い方じゃ、防戦一方だ。いつまで経っても勝てないな」

僕は『ピットザハ』の合成を解いて、『ヴィンランラ』という魔獣の一部を取り出した。

この魔獣は戦闘力がないものの、無限に竹のような植物を生成することが出来るという不思議な特徴を持っていた。

僕がズボンの裾をまくって『ヴィンランラ』の皮膚を両脚に当てると――

脚の見える範囲がエメラルドグリーン色に変化し、ふくらはぎに棘が生えた。

僕はそのまま駆け出して、周りに何もない場所へと向かっていく。『ダールウィルグス』も馬を駆ってその後を追ってくる。

『傀儡師』のアプリと魔法薬で身体能力が爆上がりしているから、すぐに馬に追いつかれることはないはずだけど……槍の攻撃範囲内に入るのは時間の問題だった。

しばらく走り続けて、ようやくだだっ広い場所に出ると、僕はタイミングを見計らってから地面を思いっ切り蹴り付けた。

「出《い》でよ植物！」

唱えると同時に、僕が地面を踏んだ周辺から竹のような植物が空へ向かって凄いスピードで伸びていく。

僕が出した植物に行く手を阻まれて、馬が嘶いた。

僕は、『ダールウィルグス』の攻撃が届かないように距離を保ちつつ、周囲を駆け回る。

走り回っている間に、辺りには竹の密林が広がっていた。

密林といっても人が動く分には間隔が開いているし、戦うことも出来る。

だが、『ダールウィルグス』はさっきまでの大胆な動きがしにくくなっており、馬での移動や槍の攻撃が制限された。この竹のようなものも普通の竹と違って、ちょっとやそっとの攻撃では傷付かない。

『ダールウィルグス』の乗る馬は、まるで檻《おり》の中にいるように動けなくなっていた。長い槍で周囲の竹を攻撃しているが、それも思い通りに振り回せずに威力が半減しているようだった。

今がチャンスと見た僕は、竹の隙間を縫ってクナイを使った投擲を開始する。

『ダールウィルグス』は兜を庇うようにして、自身の体で攻撃を受けていた。

槍で捌《さば》くのは難しくなってきたんだな。

そう思っていたら――

『ダールウィルグス』が槍を捨てて馬から降りた。

僕がその光景に驚いていると、地上に足を着けた『ダールウィルグス』が笑い出した。

まるで金属を引っ掻いたような音を立てながら、肩を上下させている。

不気味な笑いを続ける『ダールウィルグス』が、手を上に掲げた。

すると、その手を中心に、黒い霧《きり》が周辺を漂う。

黒い霧は手の辺りにどんどん集まっていき、『ダールウィルグス』がそれを握る動作をすると、剣の形へと変化した。

次の瞬間、騎士の手にはロングソードが握られていた。

嘘でしょ……

槍を捨てた時は、てっきり武器なしで戦ってくれるかと思ったのに、新たな武器が出てきたんですが。

しかも、今まで攻撃を弾いていた竹も、『ダールウィルグス』が剣を振っただけで、スパパッと綺麗に切り倒されていく。

よしっ、一回逃げよう！

僕は『ヴィンランラ』を解除して、脚にもう一度『ピットザハ』を合成して距離を取った。

走りながら後方を確認すると、『ダールウィルグス』が周囲の竹を切りながら、どんどん僕との距離を縮めてきていた。

ただ、馬にはもう乗っていない。

それだけでも戦力の差は少し縮まったと考えられる。

僕は密林の中を走って、何もない場所を目指す。

竹の密林を抜け出た僕はそこで一度足を止めて、続いて出てくる『ダールウィルグス』を待ち構える。

『ダールウィルグス』の姿が見えた瞬間を狙って、僕は『魔獣合成』を一旦解除し、身体能力を上げる魔法薬を使用した。

そのまま『ダールウィルグス』に向かって跳躍《ちょうやく》して、剣を振り下ろす。

ガキンッ！　と互いの剣がぶつかり、火花が散った。

何度か打ち合っていると、僕のお腹に『ダールウィルグス』が蹴りを入れた。

その勢いで僕は吹き飛ばされたが、すぐに痛み止めと回復魔法薬がタブレット内で使用されたのを確認して、体勢を立て直す。

僕もやられっぱなしじゃいられない。

蹴りが再度放たれた時は自身の足で防ぎ、兜に向けてクナイを投擲《とうてき》して、こちらも『ダールウィルグス』へ攻撃を再開する。

しかし、『ダールウィルグス』は、体力が無限にあるとでもいうように、全然動きが鈍くならない。

ただ、『光の加護』の力が宿った武器で攻撃したことで回復が追いつかなくなったのか、奴の体には少しずつ傷が増えており、確実にダメージが蓄積されているようだった。

修復される前にこの小さな傷を広げられれば、致命傷を負わせるとまではいかずとも、『ダールウィルグス』をかなり苦しめられるんじゃないだろうか。

だとしたら、今必要なのは重みのある一撃。それを繰り出すためのパワーだ。

僕は瞬時に、腕力が強い魔獣の一部を腕輪の中から取り出した。

それを合成してから、『ダールウィルグス』に斬りかかる。

今までとは重みが違うのか、攻撃を受け止める『ダールウィルグス』の片腕が震えている。

そのまま何度も剣を交えるが、互いの武器が刃こぼれすることはなかった。

僕の場合は『光の加護』で剣の周囲を覆っているからね。

『ダールウィルグス』の剣は、よく見たら刃が欠けた瞬間に修復されているようだった。

ズルい。

それにしても、思った以上に時間がかかっているなぁと、画面をチラッと見ながら思った。

ハッキリ言って、今までダンジョンで繰り広げたどの戦闘よりも長い。

それなのに、一向に倒せそうな気配はなかった。

まだ時間や体力に余裕があるとはいえ、なるべくなら早く倒してしまいたい。

特に怖いのは、戦闘中に『夜』が来ることだ。

いつやってくるか分からないし、もしこのタイミングで『夜』になったら、安全に『宿舎』に入れる気がしない。

そうなれば、その時点でおしまいだ。

戦い以外のことに意識を割いていたせいで力が抜けたのか、僕の剣があっさり『ダールウィルグス』に打ち返される。

しまった！　胴体がガラ空きだ！

ハッとして自分の身を守ろうと思ったけれど、その前に『ダールウィルグス』が、自身の弱点でもある兜を僕のお腹目がけてぶん投げてきた。

「――ぐふぅ!?」

兜は僕のみぞおちにクリティカルヒット。

一瞬呼吸が止まった。

受け身を取れずに地面に転がった僕の右手首と胸元を、兜を拾った『ダールウィルグス』が踏みつける。

『ダールウィルグス』に乗られて、僕は起き上がれなくなってしまった。

「うぐっ」

空いた手で奴の足首を掴んでみるが、全然ビクともしない。

足をばたつかせても体が地面に少し擦れるだけで、ここから抜け出せない。

上半身を屈めた『ダールウィルグス』が、もがく僕のことを見下ろしながら、耳障りな音を出して笑った。

《——この人間、いい》

「んえっ？」

金属を引っ掻いたような笑い声がやんだと思ったら、僕の頭の中に直接声が響いた。

そぉ～っと『ダールウィルグス』に目を向けると、奴は笑いながら甲冑を揺らしている。

さっきまで手に持っていた剣は、いつの間にか地面に放り捨てられていた。

そして兜を両手で持ち直すと、僕の顔に向けて近付けてきた。

「え、えぇ……何」

《この人間は面白くて強い。私は新たな体を手に入れる》

「……ひぎゃーっ⁉」

『ダールウィルグス』の言葉の意味を理解した瞬間、僕は叫んだ。

こいつ、僕のことを乗っ取ろうとしている！

僕としてはいろんなアプリを駆使して一生懸命戦っていただけなんだけど、『ダールウィルグス』はどうやらそれが気に入ったらしい。

手強い相手だと認めたのだろう。

でも、相手を乗っ取れるなんて、聞いてないよ！

《お前がこの兜をかぶった瞬間、新たな『ダールウィルグス《わたし》』の誕生となる》

「そんなの、嫌に決まってる！」

僕は必死に抵抗するが、上にいる『ダールウィルグス』が重くて、全く身動きが取れない。

絶体絶命だと思って目を閉じた瞬間――

《おなやかちゅいたぁ～》

緊迫した場面にそぐわない、イーちゃんののんびりとした声がどこかから聞こえてきた。

目を開けると、ガバリッ！　と巨大な口を開けたイーちゃんが、『ダールウィルグス』の手に兜ごとガブッと齧りついていた。

ポカンと空いた口が閉まらない。

『ダールウィルグス』も、完全に僕に意識が集中していたようで、何が起きたのか分かっていないようだった。

気付いた時には、『ダールウィルグス』の弱点である兜と両手はイーちゃんの口の中に消えていた。

イーちゃんがそのまま僕の横にシュタッと着地して、モグモグと口を動かす。

ゲプッとゲップをしてから、眉間に皺《しわ》を寄せて一言。

《おいちくないぃ》

それだけ言って、イーちゃんは顔をシワシワにした。

一連の出来事に周囲の時が止まっていたようになっていた。

だが、そこで自分の兜がなくなったことを認識した『ダールウィルグス』が、僕から足を離して
ガシャガシャと甲冑の音を立てながら暴れ出した。

元々アンデッドなので生きているわけではないのだが、それでも本体の兜を失ったのは相当きついようだ。

もしかしたら、頭が消えたことで制御不能の状態になっているのかもしれない。

そんなことを思っていると、腕輪の中からエクエスが飛び出してきた。

《こら！　勝手に外に出ちゃダメでしょっ！》

彼はイーちゃんを掴んで腕輪の中に戻っていった。

なんとか体を乗っ取られる危機的状態は脱したけど、あれはイーちゃんが本能的に僕を助けてくれたんだろうか？

とはいえ、イーちゃんを出しっぱなしにしていたら危ないし、討伐が完全に終わったわけではない。

うん、まだやることが残ってるから、もうすこし腕輪の中で待っててね。

まだギルドに提出するための討伐証明を手に入れていない。

『ダールウィルグス』を見ると、失った手はまだ動いているし、地面に放り投げられた剣も震えていた。

兜はもうないとはいえ、このまま放置しておくと、また攻撃されるかもしれない。

『ダールウィルグス』の動きに注意しつつ、『ショッピング』でアンデッドを安全に捕らえられる道具がないかを検索して……僕の目は、とある画面で止まる。

光属性の縄か、今の状況にうってつけじゃないか？

購入した縄は二種類あった。

一種類は普通の見た目で、もう一種類は投げ縄用に結ばれたものだった。

僕は投げ縄用のものを手に持って、『ダールウィルグス』に狙いを定めてから一気に投げる。

まず一つ目で両足を封じてから、胴体と腕を同時に縛り上げて、全ての動きを封じる。

地面に倒れて、体をバタバタ動かす『ダールウィルグス』。

だが、僕が『光の加護』の力を宿した剣でそれぞれ両肩と腰、それから脚の付け根と膝、足首辺りを刺して切り離すと、ただのガラクタのように動かなくなった。

よく見ると、『ダールウィルグス』は切り離された部分を繋げようとしているみたいなんだけど、『光の加護』の影響がまだ残っているのか、再生出来ていない様子だった。

もう一つの縄で、バラバラに散らばった『ダールウィルグス』の甲冑を一つにまとめ上げる。

最後に光属性の縄で縛って、ギルドに提出する袋の中に仕舞ったのだった。

周囲に他の魔獣や魔草、それ以外の敵の反応がないことを確認した僕は、体の力を抜き、地面に背中から倒れた。

「――終わったぁ～！」

本当に長い戦いだった。

使っていたアプリを全て解除したら、一気に緊張が抜けた。

もう腕も上がらないくらい体が重くなった。

腕輪の中にいるエクエスと、僕が戦いやすいように周囲を警戒してくれているハーネ達に討伐が終わったことを告げると、すぐに皆が僕のもとへ戻ってきた。

《我が主、良くやった！》

《双王様、お疲れ様でした！》

レーヌとエクエスが、僕の周りを回りながら褒《ほ》めてくれる。

《主〜！》

《ご主人、勝った！》

寝転がる僕の胸元にダイブしてきたハーネとライも嬉しそうにしている。

《いーちゃ、おなやかちぅいた……》

イーちゃんはいつもの調子で空腹を訴えてきた。

僕は頑張って起き上がり、腕輪から体力回復の魔法薬を出して飲んでから、皆の頭を撫でた。

「『ダールウィルグス』に勝てたのは皆のおかげだよ」

特にお腹を空かせてしょんぼりしているイーちゃんは、僕を絶体絶命の場面で救ってくれた救世主だ。

ふと、イーちゃんに気になったことを尋ねた。

「イーちゃん、あのアンデッドの兜を食べて、お腹壊してない？　気分が悪いとか」

《にゃいよ？》

イーちゃんは特に気にする様子はなかった。

それにしても、自分の体よりデカい兜と手をよく一口で食べられたな。

お腹の心配もそうだけど、個人的にはその驚きの方が大きい。

いったいイーちゃんの体はどうなっているんだろうと不思議に思いつつ、一足早くご飯をあげることにした。

それから僕は腕輪の中から一枚の紙を取り出す。

「これでAランク昇級試験の討伐対象は全部倒したよね！　よし、帰ろう！」

僕の言葉で、皆がわぁ～っと歓声を上げた。

帰還魔法陣が刻印された紙を破ると、僕達は試験を受けていた『王無き慟哭の廃墟』というダンジョンから一瞬にして帰還したのだった。

試験終了

光が収束して目を開けたら、そこは見慣れたギルドの入り口近くだった。

「帰ってきた……」

ここから皆がそれぞれの試験場のダンジョンへ行ってから、まだ一カ月も経っていない。

けど、体感ではもう半年くらい経過している気分だ。

《我が主、我とエクエスは巣の状態が気になるので、ここで戻ってもよかろうか？》

僕達がギルドに入ろうとする前に、レーヌが僕に聞いてきた。

「あ、うん、もちろんだよ。二人のおかげで試験を乗り切ることが出来た。ありがとう」

《ふふ、我が主の力になれて嬉しく思うぞ》

《攻略おめでとうございます、双王様っ！　また何かあればお呼びください！》

そう言って二人は『暁』の家にある巣へと飛んで帰っていった。

僕はお腹いっぱいになって寝ているイーちゃんを腕輪の中に移してから、小さくなったハーネとライを連れて、ギルドの中へ足を踏み入れる。

受付カウンターに目を向けると、ギルド職員のミリスティアさんとアリシアさんが、冒険者らしき人やギルドに依頼に来た一般人の方の対応をしているところだった。

空いている受付はないかなとキョロキョロしていたら、ギルドの受付でSランク冒険者のリークさんが暇そうにしながら欠伸《あくび》を噛み殺しているのが見えた。

相変わらずだなと笑いながら、僕はリークさんのところへ向かう。

ダンジョンを乗り越えた実感を得て、口元が緩むのが止められなくなっていた。

「師匠！」

僕が近付くと、リークさんが椅子から立ち上がって僕を見た。

リークさんは、前に料理を教えて以来、僕のことを師匠と呼んでくれる。

「ただいまです、リークさん」

「師匠、ご無事で何よりっす！　……それで、どうでしたっすか？」

嬉しそうに出迎えてくれたリークさんが、声を少し潜《ひそ》めて試験の手応えを聞いてきた。

僕はにっこり笑いながら、腕輪の中から課題の討伐証明が入った袋を提出した。

「おぉ！　一度この中の物を確認するっすね。あ、それとギルドカードも預かるっす」

「はい」

ギルドカードを手渡すと、リークさんは試験の申請時と同様に宝石の飾りが付いた腕輪を右手に嵌める。

そして受付台の上に置いたギルドカードの上に手をかざして、呪文を唱えた。

「うん、不正はないっすね……はい、それじゃあギルドカードに付けた監視魔法も解除したのでお戻ししまっす」

そう言って、ギルドカードを僕に戻すリークさん。

「それじゃあ、合否が出るまで待合所かどこかで待っててくださいっす」

「は〜い」

僕は返事をしてから、待合所に向かった。


僕は誰もいない待合室の椅子で一息つく。

座っている間、入り口からギルドに入ってくる冒険者や、それ以外の一般の人達をボーッと見ているると、見慣れた人物がフラフラしながら入ってくるのに気付いた。

「ク、クルゥ君！」

椅子から立ち上がって手を振ると、僕に気付いたクルゥ君が手を振り返してくれた。

「あ、ケントだ！　先に受付行くから、待ってて」

ミリスティアさんの所がちょうど空いたようで、クルゥ君はそちらへ向かっていった。

僕と同じような手続きをしているのが遠目でも分かった。

袋を手渡した後、ミリスティアさんが後ろに引っ込むと同時に、クルゥ君が僕の方へ戻ってきた。

「……ケント」

「……クルゥ君」

お互いの名を呼んでから一拍後、僕達はニンマリと笑い合う。

「これは受かったかな？」

「クルゥ君も？　僕も全て討伐出来たよ」

クルゥ君と僕は、さっそくダンジョンでの互いの思い出を話し始める。

「いや〜、一度は死にかけそうになったけどね。フェリスの魔法がなかったら、マジでヤバかったよ」

「えっ、クルゥ君も⁉　実は僕も同じなんだ！　朝になって『宿舎』のドアを開けて外に出ようとしたら、近くにいたアンデッドか何かに攻撃されてね。ハーネ達に助けてもらったんだ」

「えぇ～っ、ケントもそうだったんだ！」

どうやら、僕達は同じような危機に直面していたらしい。

色々あったね～と健闘を称《たた》え合って待っていたら、僕達はリークさんとミリスティアさんに呼ばれた。

お互い別れて、それぞれの受付まで向かう。

「師匠、Aランク昇級試験合格おめでとうございます！」

僕が受付に着いた瞬間、リークさんがにこやかな顔で言った。

そして彼から新しくなったギルドカードを手渡される。

「あ、ありがとうございます！」

『Aランク冒険者ケント・ヤマザキ』と刻印されたカードを見て、嬉しさで飛び跳ねたくなった。

「Aランク冒険者になった以上、今後は命を落とすレベルの依頼が多くなるっす。でも、師匠であれば現状に満足せずに努力を続けてくれると思うんで……これからも頑張ってくださいっす！」

「はい、気を引き締めてこれからも頑張っていきます！」

そう返事をした後、リークさんが小声で付け足す。

「師匠、今度Aランクに昇級したお祝いしましょうっ！」

僕は笑って、ぜひお願いしますと答えた。

それからリークさんに手を振って別れてから、ギルドの建物を出る。

外で待っていると、まもなくしてクルゥ君が出てきた。

駆け寄ってきたクルゥ君の手には、僕と同じギルドカード。

僕達はお互い笑いながら新たなAランク冒険者の証《あかし》を見せ合った。

「やったね、ケント！」

「うん！　今日はお祝いだ！」

『暁』の家への道中も、僕達はずっとテンションが高いままだった。

少し町から離れた場所まで移動してから、大きくなったハーネに乗り込む。

その背に乗って、何を食べたいかお互い話し合いながら、僕達は『暁』の皆がいる家を目指す。

ハーネの背に乗りながら、僕はクルゥ君と、クルゥ君の使役獣——グリフィスの頭上をチラチラと見る。

いつ聞こうか悩むなぁ、アレ……

思い切って尋ねる。

「あのさぁ、クルゥ君」

「ん？」

「さっきから気になってたんだけど、その……グリフィスの頭の上に乗ってる小さな女の子はどうしたの？」

僕がそう聞くと、クルゥ君がニヤつく。

待ってました！　と言わんばかりの顔だ。

「この子はね、僕がテイムした光妖精なんだ」

クルゥ君が誇らしそうに言った。

それから、昇級試験のダンジョンでこの女の子と出会ったと話してくれた。

「えぇー、魔獣じゃなくて精霊をテイムするって、凄いね！　名前はなんていうの？」

「レイチェルっていう名前にしたんだ」

「可愛い名前だね」

僕が名前を褒めたら、レイチェルちゃんは、「ふふんっ♪」と、嬉しそうな顔をした。

うちの使役獣達とは違って、人間味のある可愛さを感じる。

「光精霊って、どういったことが出来るの？」

「闇精霊やアンテッドに攻撃出来たり、状態異常を治してくれたりするんだって」

僕のアプリ――『光の加護』と同じような感じなのか。

それに、周りにいる魔獣や魔草、それ以外の精霊、闇精霊、アンテッドが近くにいたら教えてくれる力もあるそうだ。

クルゥ君は鼻息荒く妖精のことを説明してくれた。

『光の加護』だけでなく、他のタブレット能力とちょっと似た部分があるようだ。

クルゥ君は、これで一人でもダンジョンに比較的安全に入ることが出来ると笑った。

そしてクルゥ君が叫ぶ。

「Aランク冒険者として、これからガンガン稼ぐぞー！」

守銭奴《しゅせんど》のフェリスさんにちょっと近づいているような気がする。

「うん、お互い頑張ろうね」

二人で色々話をしている間に、僕達は久しぶりに『暁』の家に戻ってきた。

「たっだいまぁ～！」

「ただいまです」

クルゥ君が玄関ドアを勢いよく開けて叫ぶ横で、僕も続いて声を上げる。

同時に、二階から――

ガチャッ！　バタンッ！　ダダダダッ！　という音がして、フェリスさんが凄い速さで僕達のもとに走ってきた。

「あんた達っ、お帰りー！」

そして僕達の目の前でジャンプすると、そのまま僕とクルゥ君を同時に抱きしめる。

「もうもうもうっ！　私が施した魔法が発動して、あんた達二人が即死攻撃を食らったたって分かった時……本当に胸が張り裂けそうになったんだからね！」

「心配、おかけしました」

「ごめん」

僕とクルゥ君がしゅんっとなりながら、声を揃えて謝った。

「お？　クルゥとケントが一緒に帰って来たみたいだな」

僕達の声に反応して、二階から下りてきたラグラーさんがこちらに向かってきた。

「えっ、ケントとクルゥが帰ってきたの⁉」

「お〜、お前らようやく帰ってきたのか」

「お帰り」

それから僕達が帰ってきたことに気付いたグレイシスさん、カオツさん、それにケルヴィンさんが次々に自室から出て玄関に集まる。

「うん、今帰った〜」

気の抜けた声で応えるクルゥ君の隣で、僕は皆に確認した。

「やっぱり、グレイシスさんやラグラーさん、ケルヴィンさんは早く試験を終わっていたんですね」

グレイシスさん達『暁』の大人組は、僕達より数日早く試験を終わらせて帰ってきていたらしい。さすがだ。

カオツさんが腰に手を当てて、僕達の前にずいっと顔を寄せた。

「まぁ、お前達の顔を見れば分かるが……それで？　試験はどうだったんだ？」

「無事にAランク冒険者になりました！」

僕とクルゥ君はお互いに顔を見合わせてから、腕輪の中からギルドカードを取り出して、皆に見せる。

「やるじゃんっ！」

「うむ。お前達なら出来ると思っていた」

「俺らが今まで鍛《きた》えてきたんだ。落ちるわけがねぇ」

師匠達に褒められて満更《まんざら》でもない僕達を見ながらグレイシスさんがポツリとこぼす。

「あ、それじゃあこれから『暁』はAランク冒険者パーティになるのね」

フェリスさんが、うんうんと頷いた。

「グレイシスの言う通り、今後私達『暁』のパーティとしてのランクは、一つ上になるわ。ただそれは、今後の依頼の内容が今までと違って、とても危険なものになることを意味するわ。だから……」

フェリスさんがいつになく真剣な表情で皆に説明する。

僕とクルゥ君は姿勢を正しながら、フェリスさんの続きの言葉を待った。

「その分、お金が今よりもガッポガッポ入ってくるようになるのよ！」

ガッツポーズをしながら目をキラキラさせてそう言うフェリスさんに、僕とクルゥ君はガクッと肩を落とした。

「たまには良いことを言うと思ったら……またお金の話⁉」

「あはは、まぁ……フェリスさんらしいけどね」

クルゥ君と僕の言葉を聞いて、フェリスさんは心外だという表情でこちらを見た。

「そうは言うけどあんた達、お金は大事なんだからねぇ⁉　何をやるにしたってお金が必要なんだから」

それはそうだと心の中で僕も頷く。

タブレットの能力を強化するために大量の課金が必要な僕には、とても身に染みる言葉だ。

「確かに、Aランクパーティになったら依頼報酬がバカ高くなるからな。資金はかなり潤《うるお》うだろう」

元Aランクパーティーだったカオツさんが僕達に向けて説明してくれる。

例えば、Bランク冒険者が受ける一週間ほどの魔法薬の素材採取や十日間の行商人の護衛依頼の報酬は、少なくて二十万、多い時は二百万レンくらいが相場だ。依頼人の心証や、採取した素材の質次第で上乗せしてくれる場合は、五百万以上になることもある。

これがAランク冒険者になると、金額が一気に跳ね上がるんだとか……

Aランク以上の冒険者だけが受けられると記入されている依頼を受ければ、その内容がBランク冒険者のものと大して変わらなくても、報酬に差が出る。

それに、個人単位ではなく『Aランクパーティ』で依頼を受ければ、最低でも二千万以上の報酬が手に入るんだって。

「二千万レン……」

「しかも最低で、だからね」

僕とクルゥ君はこの時に、BランクとAランクを隔《へだ》てる巨大な壁の存在を知ったのだった。

「ま、なんだ！　今は二人とも試験を終えて帰ってきたばかりなんだ。夕食までまだまだ時間があることだし、ケント達は部屋に戻って荷解《にほど》きしてこいよ。しばらくゆっくり休んでな」

「……うん、そうだね。そうするよ」

「じゃあ、僕も時間まで休ませてもらいますね」

ラグラーさんの提案で、クルゥ君と僕は二階で休むことにした。

階段を上がる直前、フェリスさんが言った。

「頑張って試験を受けたあんた達のために、私が腕を振るって夕食を作るわ！」

その瞬間、皆が「やめてくれ！」と止めに入る。

僕も、以前フェリスさんが作った世にも奇妙な料理の数々を食べているので、皆のリアクションは分かる。

僕は階段を下りて、フェリスさんの前に素早く戻る。

「僕、料理が好きなんです。ぜひぜひっ、後で僕に作らせてくださいっ！」

必死に頼み込むと、フェリスさんがちょっとだけシュンッとしていた。

「そ～お？」

フェリスさんは眉尻を下げたけれど、僕は心を鬼にして断固とした態度を貫いた。

せっかくAランク冒険者になったばかりで、その日のうちに『暁』の皆がベッドの住人になることだけは避けたい。

「ではっ！」

フェリスさんが折れてくれたのを確認して、僕とクルゥ君は二階へ駆け上がった。

クルゥ君と部屋の前で別れてから、自室に入る。

ハーネとライ、イーちゃんがベッドの上にダイブしてくつろぎだした。

僕は腰のベルトを外して剣を壁に立てかけてから、腕輪の中から使用した服や下着を取り出して洗濯籠《せんたくかご》の中に放り込む。

次に、ベッドの上の空いたスペースに、ダンジョンで手に入れた魔獣や魔草の素材を並べていく。

ずらっと並べてから『カメラ』で撮って『情報』で確認すると、どれもめちゃくちゃ質の良い物ばかりだった。

これは高く売れる！

全ての情報を確認したのちに腕輪の中に仕舞って、僕は作業机に足を運んだ。

数種類の箱を机の上に並べて置き、一つずつ蓋を開けていく。

この箱は、僕が作った魔法薬を卸しているお店に直接送ってくれる装置みたいなものだ。

試験を受けに行く前に、しばらく休業のお知らせをして、戻ったらすぐに魔法薬を送りますと伝えていた。

だから、まずはそれらのお店に卸す魔法薬を作らないと。

最初の箱の中を見ると、一枚の紙が折りたたんだ状態で入っていた。

書かれていたのは、リジーさんからの魔法薬の注文だ。

そして注文とは別に、試験に受かったらぜひ教えてほしいというメッセージも添えられていた。

その下には、「『魔法薬師兼使役獣使いのAランク冒険者』が作ったと宣伝出来れば、魔法薬の売り上げが爆上がりすること間違いなし！」とも書かれていた。

僕は笑いながら必要な魔法薬を調合した。

箱の中に魔法薬を仕舞ってから、「リジーさん、昇級試験に受かりました！　これでAランク冒険者です！」という文章を書いた手紙も一緒に入れておいた。

ちゃんと自分の口で報告したいから、明日はリジーさんのお店に顔を見せに行こう。

そうそう、それにアッギスさんにも報告しないとだ！

アッギスさんなら、絶対自分のことのように喜んでくれるだろうな～。

あれこれ考えながら他のお店に卸す分の魔法薬も調合を進め、それぞれのお店の箱に詰め込んでいった。


作業は数十分で終わってしまった。

「……さて、次はっと」

作業用机の椅子から立ち上がり、一階にある台所へ向かう。

長期間僕が家にいなかったので、冷蔵庫の中が今どうなっているか気になったのだ。

一階には誰もいなかった。

皆それぞれの部屋に戻ったか、外に出かけているのだろう。

台所に入ってから、まずは冷蔵庫の中を確認した。

僕がフェリスさんのために作り置きしていた料理が綺麗になくなっていた。

中に入っているのは晩酌用のお酒か水、街で買ってきたらしいちょっとしたおつまみが数種類だけだった。

それから僕は、近くに置いてある収納箱の蓋を開ける。

こっちの箱には捌いた魔獣のお肉や、冷蔵庫に入りきらなかった野菜や果物が仕舞ってあった。

中には、大量の魔獣の肉や、海鮮系の料理に使う魔獣も入っている。

たぶん、グレイシスさんやラグラーさん、ケルヴィンさんが、試験の合間に討伐した魔獣を獲って入れてくれたんだろうな。

キッチンの調理場スペースに視線を向けたら、試験に行く時と同様の綺麗さだった。

一切この場に立って料理をしていないことが分かる。

でも、使ったお皿やフォークやスプーンなどは洗って、水切りラックに置いてくれていた。

昔からすれば、すごい成長だ。

最初に僕が台所の掃除係として呼ばれた時は、ここはめっちゃ汚い魔境だった。

その時の経験から、僕が家を空けるのはちょっと心配していたんだけど……

綺麗好きなカオツさんがいたからか、台所が魔境になることは逃れたようだ。

カオツさんがフェリスさんにキレながら一人でお皿を洗う姿を想像して、僕は思わずプププッと笑ってしまう。

それから夕食の献立《こんだて》を考え始めた。

皆揃ってAランク冒険者になれたことだし、今日はいつもより豪勢にいこうかな。

冷蔵庫や箱の中から食材を取り出してワークトップの上に並べていき、何を作れるか『レシピ』で調べた。

「ん〜、出来るなら皆が好きな物を二品ずつは出したいよな……そうだ！　今回はケーキも作っちゃおっと」

悩みながらも、僕はさっそく料理を開始することにした。

一皿目は鯛《たい》に似た魔獣を使ったカルパッチョだ。

柑橘《かんきつ》系の果物でさっぱりさせよう。

まずは魔獣を捌いてから薄めにそぎ切りにして、お皿に玉ネギやベビーリーフ、切った刺身を平らに盛り付ける。

それからボウルにカットしたパッションフルーツの果肉と果汁、塩、胡椒《こしょう》、オリーブオイル、オレンジオイルを入れた。それらをよく混ぜてソースを作る。

見栄《みば》えを意識して、ピンクペッパーをトッピングしてからソースをかけたら完成だ。

二品目は絶品煮豚である。

箱の中に、ラグラーさんが捌いたと思《おぼ》しき魔獣のお肉があったので、これで作ろう。

丁寧にタコ糸みたいなもので巻いてあったので、このまま使えそうだ。

お肉の表面をフォークで刺してから、熱したフライパンで表面にほどよく焦げ目が入るまで焼く。

それから鍋に移し替えてお水をヒタヒタになるくらい入れ、生姜《しょうが》とネギ、ニンニク、酒、醤油、みりん、砂糖を加えて煮込む。

ちなみに今使っている鍋は魔法の鍋で、蓋を閉めるだけであまり時間を置かなくても何十分も煮込んだかのように食べ物に火が通る代物だ。

おかげで、数十分煮込まないといけないところが五分くらいに短縮される。

お肉を取り出して糸を外してカットしてお皿に盛り付け、白髪《しらが》ネギ、煮卵を添えて終了。肉に味が染みていてとても美味しそうだ。

三品目は帆立《ほたて》のガーリックソテーにする。

使うのは、帆立に似た海鮮系の魔獣。

帆立より貝柱が一回り大きくて身も厚いから、食べ応えがある素材だ。

殻《から》から外して水気を拭き、塩胡椒、小麦粉を振る。

熱したフライパンでたっぷりのバターを溶かし、そこに貝柱を入れて強火で両面を焼いていく。

焼き終えたらお皿に盛り付け、そのフライパンにもう一度バターを入れて、火で溶かす。

少し焦げ色が付いたら火を消して、ニンニクとパセリ、胡椒を加えてよく混ぜてソースを作り、最後に貝柱にかければ完成だ。

その後も僕は『暁』の皆が好きなメニューをさらにいくつか作った。

『トマトカニクリームパスタ』『お肉とチーズがたっぷり入ったラザニア』『ローストチキン』『夏野菜やフルーツを使ったテリーヌ』などなど。

ご飯も炊いてあるし、パンも数種類用意してある。どちらも食べられるようにして、準備は完璧だ。

デザートはショートケーキ。

でも、さすがに一から作るのには時間がかかりすぎるので、スポンジは『ショッピング』で購入して、苺《いちご》やブルーベリーでデコレーションした。

ケーキを作り終える頃には、もう夕食の時間になっていた。

「ふぅ、これで完成だな……って、うわぁっ？」

全て作り終えて一息ついていたら、ふと背中に視線を感じた。

振り向くと、フェリスさんとグレイシスさんがこちらを見ていた。

その後ろからラグラーさんとケルヴィンさんとクルゥ君も入ってくる。

どうやら美味しそうな匂いにつられてやって来たようだ。

『暁』に初めて入った時もこんな感じだったよな……

「ほらほら！　ご飯が出来たので、食器を並べるの手伝ってくださいね」

「「は～い！」」

僕が呼びかけると、皆が返事してスキップするような感じで居間へ戻っていく。

ワゴンに料理を盛ったお皿を載せて食卓テーブルまで運んでいくと、皆お行儀よく椅子に座って待っていた。

そこにカオツさんが合流する。

取り皿や食器もすでに準備されていた。

テーブルの上に料理を並べている最中、クルゥ君が皆の分のコップに飲み物を注いでくれる。

僕が自分の席に着席すると、フェリスさんが立ち上がってグラスを持ち上げた。

「皆、Ａランク昇級試験合格おめでとう！　今日はいっぱい食べて飲むわよー！　イェーイ、乾杯！」

「「乾杯！」」

皆のグラスがぶつかる音とともに、パーティーは始まった。

各々好きな食べ物を口に運び、お酒を飲んだりジュースを飲んだりして談笑する。

「ケントがダンジョンに行っている間は作り置きしていた料理を食べていたけど、やっぱり作り立てが一番ね」

フェリスさんがそう言うと、皆が強く頷く。

照れながら笑っていると、ふと横で使役獣達が騒いでいるのが目に入った。

彼らは、居間の中央部分で僕達と似たような料理と、使役獣用にお肉マシマシの魔獣の丸焼きジューシーソースがけ料理を頬張っていた。

何やら盛り上がっているようで、よく聞いてみると……

僕の使役獣とクルゥ君の使役獣達がダンジョンでの出来事を話し合っているっぽい。

騒がしくて細かい内容は聞き取れなかったけれど、エクエスが剣を構えて何かと戦っているような動きを皆に披露《ひろう》していた。

あれは僕がダンジョンで魔獣と戦っているワンシーンを再現しているんだと思う。

なんとなくだけど、あんなような動きをしていたような記憶があるからだ。

エクスが空中をグルグル回りながら大立ち回りを披露すると、ワッ！　声が上がった。

続いてグリフィスが翼を広げながら鳴いていると、おぉ～！　と皆が感心したような反応をしていた。

あっちはあっちで楽しそうだ。

「それで？　お前達はダンジョンでどういう動きをしてたんだ？」

ケルヴィンさんの一声で、僕は自分達の会話に意識を戻された。

「ん？　僕達ですか？」

急に話を振られた僕は首を傾げた。

「あぁ、フェリスから聞いたが、お前達、死ぬ一歩手前くらいまでになったんだろう？」

ケルヴィンさんに尋ねられて、僕は頬をかいた。

「あー……あれはですねぇ」

クルゥ君もどう説明したものかと考えているようだった。

結果的に心配をかけたし、ありのままを伝えた方がいいと思って、その時の状況を説明した。

僕とクルゥ君の話を、五人とも食べながら聞いていた。

だが、聞き終えると全員が声を揃えて——

「「「詰めが甘い」」」

そう言って溜息をついた。

まぁ……その通りなので、何も言えなかったよね……

「まったくもぅ……私の方が心臓止まりそうになったわよ」

「ごめん」

「すみません」

クルゥ君と僕は、再びフェリスさんに頭を下げた。

「まぁ、なんだ！　二人は初めて特殊ダンジョンに一人で入ったってのもあるだろ？　普通であれば、最初は経験豊富な奴に連れられて、教えてもらいながら探索するもんだしな」

ラグラーさんが一つ勉強になったなと笑い、慰《なぐさ》めてくれた。

僕は、今後は絶対に同じことにならないように気をつけようと思い、頷いた。

「ボク達の話はこれくらいにしておいて、ラグラーやケルヴィン、それにグレイシス達はどうだったのさ？」

デザートのケーキを切り分けて皆に配った後、クルゥ君がそう尋ねた。

「まぁ、簡単だったかな」

三人は顔を合わせてから口々に言った。

「私達が行ったダンジョンって、今まで何度も行ったことのある場所だったしねぇ～」

グレイシスさんがサラリと続ける。

「うむ。それにどこにどんな魔獣が棲息しているのか、どの程度の力や能力を持っているのかも分かっていたからな」

「元々一人で何度も行ったことのあるダンジョンだったし、パーティ仲間と一緒に魔獣の討伐依頼をしてた場所でもあるからな。それほど問題はなかったな」

ケルヴィンさんとラグラーさんの言葉を聞いて、クルゥ君と僕の声が重なった。

「えっ、ズルくない!?」

「……僕達と換《か》わって欲しかったかも」

大人組が引いたダンジョンであれば、僕達もあれほど大変な思いをしなくても済んだんじゃないか？

そんなことを考えて悲しくなってしまったが、これも今後の成長のためにも必要な経験の一つだったのだと自分を納得させた。

デザートを食べ、豪勢な夕飯の時間が終わった。

大人組は、飲み足りないから二次会をすると言い出して、クルゥ君は疲れを取るために早めに二階へと上がっていった。

僕は部屋に戻る前に、お酒を保管しているスペースに向かって、そこから去年作った『梅酒』を探し出す。

日本の『梅』と、こちらのお酒を使ったから、あちらで仕込めば二、三年くらい必要な準備期間が数カ月まで短縮される。

そして一年以上おくと、超熟成した味に変化するようだった。

梅酒以外にも、『暁』の皆が集めてきた色んなお酒が置いてあった。調べたら、これらは色んなものと組み合わせて飲めるらしかったので、二次会にうってつけかなと思ったのだ。

ストレートやロック以外にも、お水、お湯、炭酸、ジュース、ワインやウイスキーといった酒で割ったり、珍しい組み合わせだけれど牛乳やヨーグルトで割ったりと、色々な飲み方が出来る。

ストレートで飲めば八～十五パーセントもあるから度数も強く、最初は皆ストレートやロックでガンガン飲んで、その後に各々いろんな割方をして飲んで楽しむようになっている。

僕は梅酒と台所にあったおつまみを持って居間に戻った。

「梅酒を持ってきました～！　それと、新しくおつまみも置いておくので……飲むのはそこそこにしてくださいねー。じゃあ、おやすみなさ～い」

僕がお酒をテーブルに置いてそう言い残すと、既に出来上がっているフェリスさんとラグラーさんとグレイシスさんが、にこやかな顔で手を振る。

「おやすみぃ～！」

部屋を出た僕の耳に大声が響いた。

ケルヴィンさんは、顔には特に出ていないけど……あれは完璧に酔ってる。

頼みの綱はちゃんと自分のペースで飲み進めているカオツさんだけだが、僕とクルゥ君への面倒見はいいのに、意外と『暁』の大人組には見て見ぬふりをすることが多いからな。

「自己責任で飲め」とか言って、放っておきそうだ。

明日になったら、居間には二日酔いの屍《しかばね》が何体か出来ていること間違いなしだ。

明日の朝は胃に優しい朝食でも作ってあげようと思いつつ、ハーネ達を連れて部屋に戻ったのであった。

フェリスさんの秘密

翌日——

案の定と言うべきか、カオツさん以外の大人達が二日酔いでゾンビと化していた。

皆のために二日酔いに効く魔法薬と胃に優しい朝食を台所に置いておき、僕はイーちゃんを肩に乗せて街に来ていた。

ハーネとライは、早朝から家周辺のパトロールに出掛けているので、今は二人きりだ。

街には、屋台がいつもより多く出ていて、人で溢れ返っていた。

《おいししょ～なにおぃ！》

「あはは、さっきあんなにたくさん食べたのに、まだ食べられるなんて、本当にイーちゃんの胃はブラックホールだな」

ジュージューと音を立てて炭火で焼いている焼き串屋さんの列に並び、十本くらい購入してイーちゃんに食べさせてあげる。

「美味しぃ？」

全ての串を食べ終えたイーちゃんに聞くと、彼は少し考えてから答えを口にする。

《ん～……ままのほうが、おいちぃ》

「嬉しいこと言ってくれるじゃん！」

その言葉に気分を良くして、僕はイーちゃんの頭をぐりぐりと撫でた。

《きゃー！》

イーちゃんが楽しそうに笑い転げる。

「それじゃあ、そろそろ行こうかな」

屋台でイーちゃんの腹ごしらえを済ませた僕達は、今日の目的地であるアッギスさんの家を目指した。

アッギスさんは元Aランク冒険者で、こっちの世界に来て最初の頃にお世話になった人だ。

彼にAランク冒険者になったことを報告しようと思っているけれど、このギルドカードを見せたらどんな顔をするかなぁ～。

ワクワクソワソワした気持ちで歩くうちに、あっという間にアッギスさんの家に着いた。

唾《つば》を呑み込み、コンコンとドアを叩く。

すぐに家の中から返事が聞こえ、ドアが開いた。

「あん？　ケントか？」

僕の姿を見るなり、アッギスさんが驚いた顔をする。

「おはようございます、アッギスさん——って、もしかしてこれからお仕事でしたか？」

アッギスさんは仕事着で、荷物を持っていた。

どうやら本来今日は休みだったところ、風邪を引いて途中で帰った人の代わりに急遽《きゅうきょ》声をかけられて、仕事場に行かなきゃならなくなったらしい。

「あ、じゃあ忙しいですよね？」

「いや、歩きながらでよければ、職場に着くまでは話すくらい出来るぞ」

アッギスさんがそう言って、僕を連れて歩き出した。

「それで、今日はどうしたんだ？　何かあったのか？」

アッギスさんは心配そうな顔を僕に向けた。

相変わらず優しいな～と思いながら、僕はニッと笑う。

「実は僕、この前Aランク昇級試験を受けて――合格したんですよ！」

「なにぃ!?　ケント、お前……つい最近Bランク冒険者になったと思ったら、もうAランク冒険者に昇格したのか!?」

「はい！」

「は、はは……魔法薬師になっただけでも驚いたのに、そこからあっという間にBランク、そしてもうAランク冒険者だなんて……ケント、お前凄いな！」

結婚を機に命の危険を伴う冒険者稼業ではなく、警邏隊《けいらたい》の道に進んだとはいえ、アッギスさんも昔はAランク冒険者だった。

彼は今の僕と同じ歳の頃にBランク冒険者になったけど、そこからAランクに上がるのにはかなり苦戦したらしい。

「ただ、俺の時代とは違って、ここ数年で昇級試験の難度がかなり上がったって話だよな」

「そうですね……僕とか特殊ダンジョンが当たりましたし」

「はぁ!?　昇級試験で特殊ダンジョンに当たったのか？　マジか……お前、よく死ななかったな」

「……はは」

実は一度死にかけたとは言えなかったので、笑うしかない。

二人でそんな話をしながら歩いていると、いつの間にか街の噴水広場まで来ていたんだけど——

ふと、見知った人の後ろ姿を見かけた。

「ん？　誰かいたのか？」

「あ、はい。知り合いを見かけまして……」

ちょうど噴水の水が上がって隠れてしまった。

「そうか。じゃあ職場が近くなってきたし、いったんここで別れるか」

「あ、そうですね。お仕事頑張って下さい！」

「おう！　次会った時にでも、詳しい話を聞かせてくれよな」

「はい！」

僕はこれからお仕事があるアッギスさんと別れて、噴水の裏手に回った。

「あ、やっぱりカルセシュさんだ」

噴水の近くにあったベンチに座っていたのは、カオツさんのお兄さんのカルセシュさんだった。

「ん？　ケント君？」

声をかけると、本を読んでいたカルセシュさんが、僕に気付いて顔を上げる。

「驚いたな、まさかここで会うとは思わなかったよ」

「ちょっと知り合いに会いに街に来てて」

「そうか……元気だったかい？」

「はい」

普段はあまりカオツさんと似ているとは感じないけど、ふとした仕草を見ていると、やっぱり兄弟だなと思う。

嬉しい時にちょっとだけ右の口角が上がるところとか、実は猫舌なところ、酸っぱすぎる食べ物が苦手なところ、少し悩んでいる時に組んでいる腕を人差し指でトントンするところもそうだ。

カルセシュさんはすぐに座っている場所を空けて、僕にも腰を下ろすように勧めてくれる。

カルセシュさんは常に気遣いが出来て優しく、カオツさんは時にめっっっちゃ伝わりづらいけど優しさがある。そして心配しいだし、過保護だ。

似ていないようでかなり似ている兄弟だ。

特にカオツさんと仲良くなればなるほど、それを理解する機会が増えた気がする。

「ところで、カルセシュさん！」

「ん？」

「実は僕、昇級試験に合格してAランク冒険者になることが出来たんですよ！」

「本当かい⁉」

カルセシュさんはかなり驚いたらしく、口をぽかんと開けている。

まぁ、カルセシュさんは自身が率いていたパーティ『龍《りゅう》の息吹《いぶき》』に所属していた頃の僕しか知らないのだから、驚くのも無理はない。

「『暁』の皆……ラグラーさんやケルヴィンさん、それにカオツさんに毎日めちゃくちゃ扱《しご》かれた結果、ひ弱な僕でもAランク冒険者に上がることが出来ました」

「本当にこんな日が来るなんて、思わなかったよ」

カルセシュさんがしみじみ呟く。

『龍の息吹』時代にカオツさんが僕に厳しく当たっていたのを見ていただけに、感動しているのだろう。

当事者である僕も同意見です。

「……あの、答えにくいことならいいんですが」

『龍の息吹』のことを思い出して、僕はカルセシュさんに尋ねる。

「なんだい？」

「えっと……ルルカさんやウェルネスさん、ゴルザスさん以外の元『龍の息吹』のメンバーの皆さんは、今どうしてるんですか？」

解散したとの噂を聞いてから、ずっと気になっていた。

「そうだな……ケント君が辞める少し前に全員がAランク冒険者になれたんだけど、パーティを解散してまもなく、五人がBランクに降格したんだ」

「五人もですか?」

「そう。元々あのパーティにはAランク間近な子達が多かったんだけど、ケント君が雑用をしてくれた辺りから急成長してね。それで合格出来たから……たぶん、ケント君の特殊能力のおかげだったんだろうね」

「え、どうして知って……」

僕のタブレットで能力が底上げされることを知っているのは、『暁』メンバーだけのはず。

僕が驚いてそう聞き返すと、カオツさんから少し話を聞いたのだと教えてくれた。

「ケント君が作ってくれるご飯を食べたり、飲み物を飲んだりすると、体力の回復や能力値の上昇に効果があるし、武器や防具を磨いてもらえば攻撃力や防御力が上がる」

カルセシュさんは話しながら本を閉じた。

カオツさんが話す前から——僕が『龍の息吹』にいた時からカルセシュさんはこの力になんとなく気付いていたようだ。とはいえ、別に悪いことをしているわけじゃないし、止めはしなかったと教えてくれた。

ウェルネスさんだけは、Aランクに上がっていない人物がこの恩恵を受けると、僕がいなくなった後にそのサポートが得られず、必然的に実力が下がってしまうことを危惧《きぐ》していたようだ。

「ケント君が辞めてから、他のAランクの子達は仲のいい人同士でパーティを組んだり、全く別のパーティに入ったりしたよ。それ以外の何名かはしばらく降格していて、昇級試験を受けられなかったんだけど……今年から解禁されたから、その子達はまたAランクを目指して試験を受けると言っていたよ」

「そうなんですね！　良かったです」

「冒険者をキッパリ辞めて、実家の商家を継いだ子もいるよ」

「え～、凄いじゃないですか」

「うん。冒険者になる前は、女性だからといって、一族の間でナメられていた子だったんだけどね。冒険者生活で、荒くれ者や命の危険がある魔獣や魔草といったものを相手にして、いろんな経験を積んだことで、自信がついたらしい。今では何を言われてもへこたれない敏腕《びんわん》後継者って評判らしいよ」

冒険者を辞めた人も、新しい道で活躍しているならよかった。

「ただ……ちょっと一人だけ残念なこともあってね」

今まで明るく元パーティメンバーのことを語っていたカルセシュさんだったけど、突然言いよどんだ。

こんなに言いづらそうにするなんて、もしかして……

最悪な想像を思い浮かべてしまい、僕は思わず口を両手で覆った。

そんな僕の様子を見て、カルセシュさんが苦笑する。

「いやいや、ケント君が想像しているようなことはないよ。でも説明しづらくてね。簡単に言えば、資格を剥奪《はくだつ》されたんだよね……」

「えぇっ⁉　いったいなんで……」

カルセシュさんの話によれば、その人はダンジョンに魔法薬の材料を集めに行く護衛の依頼中に、依頼主と駆け落ちしてしまったんだとか。

しかも依頼主の女性は既婚者だったので、修羅場《しゅらば》に発展しているようだ。

「……えぇー」

「うん、ビックリだよね」

不祥事《ふしょうじ》で冒険者資格の剥奪か……色々あるんだな。

僕の知らないところで、昼ドラのようなドロドロした話が始まっていた。

「ま、まぁ、彼らのその後はこんな感じかな」

「なるほど……ずっと気になっていたので、分かって良かったです」

一人だけ、ますますその後が気になる人がいたけど。

それから僕は、ちょっと悩みながらカルセシュさんに別の話をする。

「あの、もう一つ話したいことがあるんですが、いいですか？」

「うん、どうかしたの？」

「その……今、僕の能力の話が出ていたと思うのですが」

「あぁ、ケント君の料理の影響で能力値を付与出来るというものかい？」

「はい。あの、それって本当は……僕自身の能力じゃないと言いますか……」

「え？　どういうことだい？」

カルセシュさんが不思議そうな顔をした。

僕は腕輪をタブレットに変えると、カルセシュさんに見えるように持った。

「これは僕がいつも使用している『タブレット』というものです。これの中にはいろんな能力――作った料理に体力や力を上げる能力を付与したり、いろんな魔法薬を調合したり、強い魔獣とも有利に戦えるようになったりする力が備わっているんです」

「それは……凄いね」

カルセシュさんは驚いた後、う～んと悩むような仕草をして、懐から何かを取り出す。

なんだろう？　と彼の手元を見ると、そこには何の変哲《へんてつ》もないレザーのブレスレットがあった。

「これは？」

「僕の能力に使う重要なアイテムだね。ケント君、ちょっと見ててくれる？」

カルセシュさんはそう言うと、左腕にブレスレットを嵌めて、足元にあった小石を拾う。

右手の小石をずっと見ていると、瞬きした瞬間に消えてしまった。

「えっ、消えた⁉」

「ははは、良い反応だね」

カルセシュさんは笑って自分の肩を指先でトントンと叩く。

彼が示すままに、イーちゃんが座っている方と逆の肩を見ると、なんと小石が乗っているじゃありませんか！

「もしかして、瞬間移動させたんですか？」

「そう、この腕輪をしていると、僕が手に触れている物であれば、なんであれ好きな場所に移動させられるんだ。物体全てを移動させることも出来るし、一部分だけを移動させることも出来る」

「ほぇぇ～、凄いですね」

「もし良ければ、ケント君も使ってみるかい？」

「えっ！　いいんですか⁉」

カルセシュさんがブレスレットを手渡してくれたので、恐る恐る自分の腕に嵌めた。

それから僕は、足元にある石を拾って、カルセシュさんの膝の上に移動しろ！　と心の中で唱えてみるが、何も起こらなかった。

「……あれ？」

「ははは、ごめんごめん。実は、この腕輪はこの世界で僕しか使えない物なんだ」

「な、なるほど……」

「そこでなんだけど、ケント君の本……じゃなくて『たぶれっと』？　というものを貸してもらってもいいかな？」

「いいですよ」

そうだった、これは他人が見たらただの本に見えるんだった。

タブレットを渡すと、カルセシュさんは左右に回したり、上から下に眺めたり、いろんな触り方をしていた。

「……ふむふむ、なるほどね」

「どうでしたか？」

「うん、見たこと無い文字で書かれた、ただの本だね」

どうやらカルセシュさんはタブレット本を持って、魔力を流しながらいろんなページを開いてみたり、逆に魔力を流さないいまま同じようにページを捲ったりしてみたらしい。

でも僕みたいな能力を使える感じはしなかったそうだ。

カルセシュさんのブレスレットを僕が嵌めても、ただの装飾品であるのと同じように、彼がタブレットを持っても、能力など何も使えないただの本。

それをカルセシュさんは伝えてくれたのだろう。

「ちなみに、僕のこのブレスレットはどこかで購入した物じゃなくて、ずっと身に着けていた物なんだ」

「え、そうなんですか？」

カルセシュさんはブレスレットを懐に仕舞うと、僕のタブレットを見ながら尋ねる。

「うん。魔力が多い人には稀にそういう現象が起こることがある。ケント君のタブレットはどこかで購入したのかい？」

「違いますね」

地球にいた頃は確かにタブレット端末を購入したことがあるけど、それとこのタブレットは違う物だった。この世界に来た時に、気付いたら持っていた。

「それじゃあ、これはやっぱり君自身が作り出した物なんだよ。それに、こういった物は所有者のレベルによっても強さが変わる」

「そうなんですか？」

「うん。ケント君も心当たりはないかな？　僕達と一緒のパーティにいた時と比べて、使える能力が成長しているんじゃない？」

「あ、そうですね。あの時は使える能力はちょっとでした。でも僕自身のレベルを上げたりお金をいっぱいかけたら、能力が増えましたし、強化も出来ました」

「……お金がかかるっていうのは初耳だね」

どうやら課金システムがあるのはこのタブレットだけらしい。

「僕は小さい頃から冒険者をやっていて、今までいろんな魔道具や魔法具を見たり聞いたりしてきたけど、このような物があるなんて知らなかったな」

カルセシュさんは興味深そうに言った後、僕の顔を真剣に見る。

「さっきケント君はタブレットが自分の力じゃないように言っていたけれど、僕が腕輪を使って強くなったからといって、卑怯者《ひきょうもの》だと思う？」

「そんなことはありません。だって、それもカルセシュさんの能力の一つだから」

「ケント君ならそう言うよね。じゃあ、このタブレットだって同じだよ。どんな能力を使ってのし上がったとしても、悩んだり下を向いたりせず常に胸を張っていいんだよ」

「……はい、ありがとうございます！」

今まで心の中では、強くなったとしても自分の実力ではないと思うことが多かったけれど、カルセシュさんの言葉を聞いて気持ちが整理出来た。

「そうだ、ケント君にちょっとだけお願いしたいことがあるんだけど、いいかな？」

「僕に出来る範囲なら、なんでも言ってください！」

胸を張ってそう言うと、カルセシュさんはクスクスと笑った。

「ケント君のパーティのリーダー……フェリスさん、と言ったかな？」

「はい、そうです」

「弟もお世話になっているし、一度彼女とちゃんと話してみたくてね。本気の手合わせもお願いしたいし。来週の今頃に時間があれば会えないか伝えてくれるかな？」

「それはお安い御用ですが……カオツさんじゃなくて、僕が伝えてもいいんですか？」

「はは、あいつは僕が関わると恥ずかしがって逃げちゃうからね」

そう言って笑ったカルセシュさんは立ち上がると、折りたたんだ一紙を手渡した。

「もし明日大丈夫だったら、この紙を破って、ダメであれば、都合のいい日にちと時間を書いて燃やしてくれればいい。それで僕に届くよう魔法をかけてあるから」

「分かりました」

紙を受け取ってなくさないように腕輪に仕舞う。

「それじゃあ、僕は行くね」

「はい」

人混みに消えて行くカルセシュさんの背を見送って、僕も『暁』の家に帰ることにしたのだった。

家に帰る途中、ハーネとライが僕のもとに駆け寄ってきた。

新しい猫を発見したとか、離れた家に泥棒が侵入していたから、成敗して家の人に感謝された、などと報告してくれた。

まだ外で遊んでいるというライ達にイーちゃんのお守りをお願いすると、快く引き受けてくれた。

イーちゃんもハーネの頭に乗って空を飛んで、喜んでいるようだ。

「いってらっしゃーい！」

離れていく三人に手を振り、僕は家へ入る。

フェリスさんを探して居間へ行くと、彼女は三人掛けくらいのソファーにダラッとした姿で寝ていた。

「……あの、フェリスさん。寝てます？」

「起きてますぅー」

どうやら二日酔いは醒《さ》めたようだけど、なんとなく怠《だる》さが残っているらしい。

そんなフェリスさんを見て、一瞬話すか迷ったんだけど、カルセシュさんから預かった紙を手渡した。

事情を説明すると、ダラッと寝ていたフェリスさんは起き上がって、きちんと椅子に座り直した。

「カルセシュってカオツの兄で、ケント君が以前在籍していたパーティのリーダーよね」

「はい」

「……ふむ」

フェリスさんは、何やらブツブツと独り言を呟いている。はっきりとは聞き取れないが、気配、気付いた、ありえない、という言葉が聞こえてきた。

不思議に思って首を傾げていると、そんな僕の顔を見たフェリスさんがクスッと笑う。

「ケント君」

「はい」

「ケント君が『暁』に入って少しした頃、依頼でパーティメンバー全員でダンジョンに行った事があったじゃない？」

「あぁ、中級ダンジョン『名《な》も無《な》き古《いにしえ》の地《ち》』――でしたよね？」

「そうそう、そこ！」

ライと初めて出会ったダンジョンだから、覚えている。

それがどうしたんだろう？

「そのダンジョンで、ケント君とクルゥが絶体絶命の状況になったじゃない」

「あ〜、あの時のことは今でも鮮明に覚えてます。凄い数の魔獣に囲まれるわ、状態異常になって動けなくなるわで、絶望でしたもん」

「でも、その時に前のパーティメンバー達が助けてくれたでしょ？」

「はい」

「その時私、めっちゃ本気で自分とケルヴィンの気配を消して隠れていたのよね〜」

「そうでしたね」

その時のことを思い出しながら頷くと、フェリスさんが「でも」と続ける。

「誰であっても絶対に気付かれないように、本気で隠れていたのに……あのカルセシュって人は私達の存在に気付いたのよ」

どうやらフェリスさんには、かなり驚きの出来事だったらしい。

そのことを思い出して、彼女はカルセシュさんに興味を持ったようだ。

「うん！　ケント君、そのカルセシュって人に会ってみようと思うわ」

「おぉっ！　本当ですか！」

「えぇ、文章の最後にカオツがお世話になっているお礼にお金も渡したいって書いてあったから、代わりに手合わせでもなんでも付き合ってあげようじゃないの！」

「な、なるほど……あっ、僕も手合わせをする時、近くで見てみたいです」

「もちろんいいわよ。ウフフフ……この私がどれだけ強いか、ようやくケント君に見せてあげられるわね！」

フェリスさんは不敵に笑った。

相手はSランク冒険者ですが大丈夫ですか？　とは口が裂けても言えない。

来週の手合わせのことを思いながら笑うフェリスさんの体から、迸《ほとばし》る熱気が見える。

お金がもらえるからだろうか？

早速僕はカルセシュさんに返答を伝えるため、テーブルの上に置いていた紙に日付を書いてから燃やした。これでカルセシュさんには伝わるはずだ。

「ケント君、それじゃあ私は準備があるから、ちょっと部屋に戻るわね！」

「は～い」

そう返事をして、僕も部屋へ戻ったのだった。


部屋で心ゆくまで本を読んだ僕は、夕食の準備のために台所へ向かった。

本を見ているうちに、ハンバーガーが作りたくなったのだ。

それも両手で持って一口では齧《かじ》りきれないほど大きなやつを。

まずは『ショッピング』でバンズを購入する。次に、玉ネギをカットしてバターであめ色になるまで炒め、出来上がったら粗熱《あらねつ》をとっておく。

箱から数種類の魔獣のお肉を取り出し、以前購入して、かなり使い込んでいる手動のミキサーでひき肉にする。

出来たひき肉と塩胡椒《しおこしょう》をボウルに入れて捏《こ》ね、玉ネギやパン粉、卵を加えて粘り気が出るまで捏ね続ける。

それから良い形に成型して真ん中をくぼませたら、ハンバーグのタネが一つ出来た。

それを何十個も作っていく。

メンバーも使役獣の数も多い分、作る数は膨大だ。

出来た物を焼きながら次々に形を整え、そのついでにバンズも焼く。

全て焼き上がったらバンズとハンバーグを大皿にのせて置いておく。

それから、トマトやレタスに似た新鮮な野菜を庭で収穫して、流水で洗う。トマトは少し厚めにカットして、レタスは手で千切って水分を取る。

ポテトに似たこちらの世界の野菜は油で揚げて、最後に塩を振ってよく混ぜ合わせ、お皿に盛った。

バンズの上にレタスとハンバーグとトマトをのせ、その上にチーズをたっぷりのせてからもう一つハンバーグを重ねてソースをかける。その上に蓋をするようにバンズをのせたらハンバーガーも出来上がった。

「うん、デカいな」

ポテトを盛り付けたお皿にハンバーガー、作り置きしていたオニオンリングものせると、ハンバーガープレートの完成だ。

ポップコーンを作ってガラスボウルに入れ、手作りのジンジャエールを用意したら、アメリカンな献立になった。

そろそろ皆を呼ぼうと思って台所から出ると、すでに全員が食卓についていた。

匂いに引き寄せられたみたいだ。

ワゴンに載せて運び、皆の前にプレートを置く。

皆からはすぐに「おぉっ！」という反応が返ってきた。

ポップコーンは今まで何度もおつまみとして出しているけど、ここまで統一感のある食卓に皆びっくりしているようだ。

ピッチャーに入ったジンジャエールをコップに注いで、クルゥ君が皆に配る。

僕が座った瞬間、待ちきれない様子でフェリスさんが手を合わせた。

「今日も美味しい料理を作ってくれたケント君に感謝して――いただきます！」

フェリスさんに続いて、皆も「いただきます」と言ってハンバーガーに齧りついた。

今回の料理も絶賛の嵐だった。

作り手としては凄くうれしいよね。


食後、カオツさんが口を開いた。

「そう言えばフェリス、お前……うちの兄さんと手合わせするんだって？」

「ん？　そうなのよ！　来週やるわ」

「……本気か？」

綺麗にハンバーガーを平《たい》らげたフェリスさんに、カオツさんは「こいつ本当に大丈夫なのか？」みたいな目を向けている。

「俺が言うのもなんだが、兄さんはSランク冒険者の中でもかなり強い方《ほう》だ。それに魔族でもあるから……俺だって知らない強い能力を持ってるはずだ」

「まぁ、あんたが心配するのも分かるけど……私、こう見えて結構強いんだからね？」

「……そうか」

「いやお前、納得するの、早くねーか？」

ラグラーさんのツッコミに、カオツさんは肩をひょいとすくめた。

「フェリスだって子供じゃないんだ。大丈夫って言うなら心配しなくていいだろ……その手合わせ、俺も見ていいか？」

「え～！　ボクも見たい！」

「私も見たいかも」

「うむ」

カオッツさんが観戦したいと言い出したところ、クルゥ君やグレイシスさん、ケルヴィンさんも乗ってきた。

ラグラーさんも興味津々《きょうみしんしん》な顔で手を挙げる。

「俺もフェリスが戦うところ、気になるな」

「うん、いいわよ！」

フェリスさんがあっさり許可を出して、僕達の来週の予定は、フェリスさんの手合わせ見学に決まった。


それから数日間は平和な日々を過ごし——ついにフェリスさんとカルセシュさんが手合わせをする日がやって来た。

使役獣達にはお留守番をしてもらうことにして、僕達は街の噴水広場に集まっていた。

予定時間より早く来ていたカルセシュさんが、僕達を見てベンチから立ち上がる。

「やぁ、カオツ。久しぶり――それと、今日はよろしくお願いいたします、フェリスさん」

カルセシュさんが右手を差し出すと、フェリスさんはその手を握り返した。

「えぇ、よろしく」

「ここで手合わせをして、万が一周りに被害が出ると大変なので……僕のおススメのダンジョンにお連れしようと思いますが、どうでしょうか？」

カルセシュさんの提案に、フェリスさんが即答する。

「えぇ、お願いするわ」

「それじゃあ、移動魔法陣を使いますね。皆さんも近くに寄ってください」

僕達がフェリスさんの側に寄った瞬間、景色が変わる。

人が溢れる噴水広場から一転、広い荒野《こうや》に立っていた。

「このダンジョンはあまり知られていない場所でして、魔獣や魔草がとても少ないんです」

そんなダンジョンがあったなんてと、皆で辺りを見回していると、フェリスさんがニヤリと笑う。

「じゃあ、お互い全力で戦えるわね」

「そうですね。お手柔らかにお願いします」

「ふふ、お手並み拝見ね」

どうやら二人は既に戦闘準備が出来ているようだった。

「おい、お前ら。安全な場所まで避難するぞ」

ポケットに手を入れたカオツさんがそう言いながら、離れた場所にある岩山を顎で示した。

「ねぇ、カオツ。本当にこんなに離れなきゃいけないの？」

指示通り移動してから、クルゥ君が首を傾げた。

「あぁ、一応な。Sランク同士の戦いなんて滅多《めった》に起きないが……もし戦っている最中に二人が本気になったりしたら……ここでもヤバいかもな」

「そんなに⁉」

カオツさんの言葉に、クルゥ君と僕は衝撃を受ける。

「あいつ、本当に大丈夫なのか？」

「大丈夫よ」

心配そうな表情でそう言うケルヴィンさんに、グレイシスさんがにこやかに笑いかけた。

「私、小さい頃からフェリスと一緒にいるけど……何度か彼女が本気で戦った姿を見たことがあるわ」

「そうなの？　ボクは見たことないや」

首を捻るクルゥ君に、グレイシスさんは微笑する。

「ふふ、あんたが一緒になった時は、もう落ち着いていたからね」

「……あれで？」

「本当に、今のフェリスしか知らないと、そう思えるかもしれないわね。でも――」

グレイシスさんは遠く離れたところに立つフェリスさんを見ながら続ける。

「けっこう、怖いわよ？」

「怖い？」

「どういうこと？」

僕とクルゥ君がそう聞くと、グレイシスさんは眉間に皺《しわ》を寄せて言いよどむ。

「なんて言えばいいのかしら……この世のモノとは思えないほどの強者を前にして、息も出来なくなる――っていうのを身をもって体験したわ」

グレイシスさんは身を震わせるが、彼女が嘘をついているようには見えない。

それほどなのか……と驚きつつフェリスさんを見つめていると、手合わせがちょうど始まった。

グレイシスさんが魔法で僕達の耳に、離れたところで戦っている二人の会話が聞こえるようにしてくれた。

「今日が来るのをとても楽しみにしていました」

「あら、奇遇《きぐう》ね。私もよ」

その言葉が合図になった。

予備動作もなく戦いが始まり、火花を放ちながら互いの剣がぶつかる。

そこから目にも止まらぬ速さで斬り合いが始まった。

「私、あの時本気で隠れていたのに、あなたに気づかれたの。あれはかなり衝撃だったのよね」

「気配に敏感でして、隠れている物や人を探すのが得意なんです」

「へぇ～、そう」

斬り合いをしながら、カルセシュさんとフェリスさんはそんな会話をしていた。

ハッキリ言って、『傀儡師』と反射神経を良くする魔道具、その他諸々の魔法薬を使っても、僕ではあの斬り合いにはついていけないと思う。

チラリと隣を見ると、僕と同じくクルゥ君も信じられないという表情をしていた。

フェリスさんがSランクの人のスピードについていっているのに驚いているようだ。

グレイシスさんとラグラーさんとケルヴィンさん、それからカオツさんは、ただ静かに目の前の戦いを見ていた。それほど驚いた様子もない。

何度も一緒にダンジョンに行っていたから、フェリスさんがこれくらい出来るのは知っているようだった。

視線を元に戻すと、しばらく二人は斬り合いで拮抗《きっこう》していたんだけど……

「……へぇ、やるわね」

フェリスさんが呟くと、徐々にカルセシュさんが後退するようになった。

「……押され気味の兄さんを見るのは初めてだな」

そう呟きながら、カオツさんが腕を組む。

皆も今までとは違い、かなり真剣な顔で二人を見つめていた。

「なかなか……強い、ですね！」

カルセシュさんは純粋な剣の斬り合いだけでは分《ぶ》が悪いと感じたのか、そこから魔法攻撃を入れるようになった。

カルセシュさんが火を放つと、フェリスさんが氷系の魔法で相殺《そうさい》し、フェリスさんが地面に手をついて巨大な土蛇を作り出すと、カルセシュさんも同じ魔法で応戦する。

戦いのレベルが違いすぎて、まるで映画を見ているようだ。

さすがに無傷というわけにはいかず、お互いの体に少しずつ傷が付いていく。

その頃になると、明るい表情だったフェリスさんの顔がちょっとずつ変化してきた。

「よろしくないわね……戦い始めてからどれくらい経った？」

ボソリと呟いたグレイシスさんに、カオツさんが答える。

「そろそろ二時間だな」

「あっという間ね……そろそろフェリスが本気を出してくる頃よ」

グレイシスさんは、困ったような顔で口を開いた。

あれでまだ本気じゃなかったのか。

「フェリスって本当は戦闘狂なところがあって」

グレイシスさんから飛び出した新情報に、僕は目を丸くする。

「そうなんですか？　全くそうは見えないんですが……」

「普段はそういうのを封印してるからね。フェリスが本気になったらそこら辺が焦土《しょうど》になるといってもいいくらいよ。本気で戦いたい時は、めっちゃ危険なダンジョンの最深部に潜って、私達じゃ瞬殺されるような強い魔獣を虐殺《ぎゃくさつ》して歩くって言ってたわ」

「……え」

「何その超絶危険人物」

僕とクルゥ君がドン引きしていると、その横で男性陣三人も驚いていた。

どうやら長く一緒にいるラグラーさんやケルヴィンさんもここまでは知らなかったようだ。

僕らの反応を見たグレイシスさんが、寂しそうな表情をした。

「話を聞いて……怖くなった？」

「いや、大丈夫です！」

僕の横でラグラーさんが口元に手を当てて息を吸い込むと、一気にまくしたてる。

「フェリスの奴、そんなに強いんだったら、いつもグータラ寝てないで、危険なダンジョンの依頼をバンバン受けて、金をガポガポ稼ぎやがれーっ！」

「違いねぇ」

「そうだな」

吼えるようなラグラーさんの言葉に、カオツさんとケルヴィンさんが同意した。

グレイシスさんは口をぽかんと開けて、一瞬驚いた後に顔を綻ばせる。

「やっぱり、あんた達って最高だわ！　でも、そろそろ彼を助ける準備をした方がよさそうね」

二人の戦いを見ながら、グレイシスさんがそう言った。

ただ正直、どうすればあの二人の間に割って入れるのかさっぱり分からない。

「止めるのは意外と簡単よ」

僕の戸惑いを察したのか、グレイシスさんがそう付け加えた。

「じゃあフェリスの近くに――あっ、やばいかも」

フェリスさんを見ながら話していたグレイシスさんが、額を押さえた。

「あちゃ〜！」

フェリスさんを見ると、彼女の右肩辺りから剣の切っ先が飛び出しているのが見えた。

カルセシュさんはそこから離れた位置にいて、よく見ると手が淡い光に包まれていた。

僕はそれを見て、ハッとする。

カルセシュさんはその時自分が触れている物の全て——または一部を、思ったところへ移動出来ると聞いたけど、その能力を使ったのかもしれない。

見れば、フェリスさんの右腕はだらりと下がり、剣を取り落としていた。

もしかしたら、剣の一部を移動させて、フェリスさんに決定的な一撃を与えたのかもしれない。

「フェリス！」

「フェリスさん！」

この距離で聞こえるはずがないんだけど、クルゥ君と僕は思わず声を出した。

でも、こんなピンチにもかかわらず、フェリスさん本人は楽しそうにクスクスと笑っていた。

「思ってた以上に強いのね、あなた。久々に……本当に久々に楽しいわ」

「それは……何よりです」

フェリスさんの言葉に、カルセシュさんが笑いながら応えた。

「自分の兄ながら、この状況で笑えるなんて、怖ぇーな」

苦笑するカオツさんに、見学中の皆が激しく同意する。

二人の戦いは、魔法を使わない剣での斬り合いにまた移った。

カルセシュさんが右斜め下から剣を繰り出すと、フェリスさんはそれをスレスレで躱し、死角から襲ってくる切っ先を左手の剣で防ぎつつ反撃する。

そんな勝負がしばらく続いた。

しかもこの斬り合いは尋常《じんじょう》ならざるハイスピードで繰り広げられているのだから、もはや超人の域だ。

だがその均衡は徐々に崩れ始め、次第にカルセシュさんが劣勢になっていく。

そして斬り合いを再開して三十分が経つ頃には、カルセシュさんは防戦一方になっていた。

カルセシュさんの体には、いたるところに傷が付き、息も荒くなっている。

一方のフェリスさんはずっと楽しそうだ。

テンションは高いのに、目だけ笑っていないのが怖い。

「そろそろ止めた方がいいな」

カオツさんとラグラーさん、それにケルヴィンさんの三人がそう提案する。

そうは言っても、どうすれば終わらせられるんだろう。

「了解！　それじゃあフェリスを止めてくるわ」

グレイシスさんが気軽にそう言って背中に翼を生やすと、二人のところへ飛んで行った。

「そう言えばグレイシスさん、どうやってフェリスさんを止めるんだろう？」

戦いに巻き込まれるんじゃないかと心配しながら見ていると、グレイシスさんは二人から少し離れた場所に降りた。

それから、ポケットから札束を取り出して——

「フェリスー！　カルセシュさんから頂いたお金で美味しいお酒を買って、温泉に行って露天風呂《ろてんぶろ》なんかで一緒に飲まない～？」

札束を握った手をフリフリしながら、グレイシスさんはそんなことを言う。

成り行きを見守っていた僕達は開いた口が塞がらなくなる。

そんなので戦いが収まるわけない……

そう思ったが、フェリスさんの変化は劇的だった。

「——行くぅーっ！」

構えていた剣をあっさり捨てると、クルリと回ってスキップしながらグレイシスさんに寄っていった。

その表情も冷たい笑顔からいつものものに戻っていた。

さすがのカルセシュさんも、呆《ほう》けた顔をしている。

「カルセシュさん、久しぶりに楽しい時間を過ごすことが出来たわ。ありがとう。またぜひ手合わせしましょう」

「あ、はい」

「それじゃあんた達！　私は温泉に行ってくるから、後のことはよろしくね！」

フェリスさんはそう言うと、右腕に出来た大きな切創《せっそう》と体に付いた傷をちゃちゃっと治して、グレイシスさんと一緒に消えてしまった。

残された僕達はなんとも言えない雰囲気になる。

カルセシュさんに近付くと、彼は疲れたように地面に座り込み……笑い出した。

「どうしたんだ」

カオツさんがちょっと驚いたように問うと、カルセシュさんはフェリスさんがさっきまでいた場所を見つめながら話し始める。

「どうやら、フェリスさんはかなり手を抜いていたらしい」

さすがにそれはないいんじゃないかな～？　と思っていると、カルセシュさんは自分の体の傷を見ながら口を開く。

「僕は戦いながら何度も魔法で傷を治していたけど、フェリスさんはあんなにあっさり傷を治せるのに、戦っている間は一度も治癒魔法を使わなかった。あのまま戦っていたら、僕は確実に戦闘不能になっていたよ」

カルセシュさんは、「あー、緊張した！」と笑いながら、カオツさんに傷を治してもらっていた。

「僕達とは全く違う次元の戦いだったよね」

僕とクルゥ君はそう言って頷き合う。

それからクルゥ君が顔を上げた。

「てかさ、カルセシュさんって、Sランク冒険者の中でもかなり強い方に入るって聞いたことがあるけど……そんな彼を圧倒出来るフェリスって、何者なのさ」

そう問われたラグラーさん達が揃って肩をすくめた。

「『暁』に入った時、フェリスの実力の話とか聞かなかったからな」

「うむ。私とラグラーが入った時は、既にBランクパーティとギルドに報告していたから、二人共Bランク冒険者なのだと思っていたんだ」

「そうそう。あとは、フェリスが依頼を持ってくる時に、大抵Aランクの魔獣討伐とかを受けることが多いから、もしかしたらフェリスだけがAランクなのかって思ったくらいだな」

ケルヴィンさんは不思議そうに、ラグラーさんは特に気にした様子もなく、パーティに入った時のことを話した。

二人の会話にクルゥ君も頷く。

「確かに、ボク達ってお互いのちゃんとしたギルドランクを聞いたことなかったよね」

そう言えば僕もだ。その辺の話を聞こうとも思わなかったな。

唯一カオツさんだけが、僕らのやり取りを聞いて絶句していた。

「……お前ら、マジか。普通パーティに入るなら、そのパーティにどんな人間がいるかとかランクとか、色々聞き出すだろうが」

「いや、別に？」

「それほどランクにこだわっていなかったしな」

「ボク、誘われたから入っただけ」

ラグラーさん、ケルヴィンさん、クルゥ君のあっけらかんとした反応に、カオツさんが頭を抱える。

「僕は『龍の息吹』から出た後、お金や住む家もなかったから、お手伝いしていたらそのまま成り行きでという感じですね」

僕が経緯を説明した後、ラグラーさんがカオツさんに問いかける。

「それよりカオツ、お前はどーなんだよ？　フェリスのランクを知ってるのか？」

「俺が暁に入る前、あいつに何度も聞いたが『さて、どうでしょう？　私に勝負で勝ったら教えてあ・げ・る！』なんて、ふざけたことを言ってはぐらかされたんだ」

「ということは……ここにいる全員が彼女のランクについて何も聞いていないんだね」

僕達の話を聞いていたカルセシュさんが、まとめた。

「まぁ、でもなんだ……ランクが全てじゃないからな」

「そうそう！　フェリスがSランクだろうがAランクだろうが、俺達のリーダーということには変わりないんだからな」

ケルヴィンさんとラグラーさんの言葉に、僕も頷く。

「そうだね」

カルセシュさんはそう言って微笑んでから、自分の身体を見た。

「さて、僕の怪我は治ったし、そろそろ戻ろうか。あ、僕はこのままギルドに行く予定でしたので、街に戻りますが、皆さんはどうしますか？　家に戻るならそちらへお送りしますよ」

立ち上がってズボンに付いた土を払った後、カルセシュさんは来た時同様魔法陣を足元に出現させる。

彼のご厚意に甘えて、僕達はそれぞれ行き先を伝えた。

ケルヴィンさんと僕はそのまま街へ、それ以外の皆は家に帰ることになった。

カルセシュさんが魔法陣を展開して、家に戻るラグラーさん、カオツさん、クルゥ君の三人を送る。

僕が手を振って見送ると、カルセシュさんが微笑んで魔法を発動させた。

「それじゃあ僕達も行きますか」

『数字持ち』の正体？

目を開けると、僕達は街の噴水広場から少し離れた公園内に立っていた。

「それじゃあ、私はここで失礼する。いつか、私とも剣の手合わせをお願いするよ」

「はい、もちろんです。その時はよろしくお願いします」

ケルヴィンさんがカルセシュさんに軽くお辞儀をして去っていく。

「ケント君もギルドに行くなら、一緒に行くかい？」

「はい！」

カルセシュさんの誘いに応じて、僕達は一緒に歩き出した。

今回ギルドに行く用事は、お金稼ぎの依頼を探すためだ。

昇級試験でかなりタブレットのアプリに課金をしたり、いろいろな物を買ったりして、散財したからね。

今後、試験の時より大変な依頼を受けたら、またアプリのレベルを上げなきゃならない状況になるかもしれないし、命の危険にさらされる確率も上がるかもしれない。

そんな時のための備えが必要だ。

「そう言えば、この前見せてくれたカルセシュさんの能力ですが……実戦で見ると凄いですね！魔獣とかの討伐時に使えば最強じゃないですか」

「あはは、そうだね。剣の切っ先だけを魔獣の体内に転移させることも出来るかな。でも、それだけじゃ倒せない魔獣もいるし、闇精霊やアンデッドには攻撃自体が入りにくい。使いどころは難しいけどね」

「なるほど……」

フェリスさんとの斬り合いはあくまで手合わせだから、急所に武器を転移させるなんて真似まではしなかったらしいけれど、そんな手をまだ隠し持っていたとは。

僕が感心していると、カルセシュさんが真剣な声で話し始めた。

「ケント君」

「はい」

「僕が冒険者としてまだ駆け出しの頃、一人で初級ダンジョンに入ったんだけど、その時ダンジョンが突然変異したんだ。初級からいきなり強い魔獣やアンデッドがうろつく上級ダンジョンになったことがあってね」

「えっ……よく生きて出られましたね」

「それは本当に運が良かったとしか言えなくてさ……変異する少し前に、ダンジョン調査をしていたギルド職員と偶然出会っていたんだ。変異してからはその職員に助けてもらいながら、一緒に出口を探したんだ」

「ギルド職員って、Aランク以上がちらほらいますからね」

「そう、意外と知られていないけど、ギルドにはけっこう高ランクの人が勤めているんだ。その時も、彼らがいたからすぐに死なずに済んだんだけど……それでも、時間が経つにつれて強力な敵が増え、全滅の危機に陥ったんだ」

「えっ、そうなんですか⁉」

Sランクの人がいるのに全滅しそうになるなんて、どれほど危険なダンジョンに変化したのか……

ダンジョンにはまれにそういう現象が起こるから恐ろしい。

「もう自分達はここまでなんだって……諦めそうになった時、颯爽《さっそう》と現れて僕達を救ってくれた人がいたんだ」

その時のことを思い出しているのか、カルセシュさんは懐かしそうな顔で話し続ける。

「フード付きマントを羽織《はお》っていて、顔は全然見えなかったんだけど、小柄な人だった。細長い剣を持って、職員でも全く歯が立たない巨大魔獣を、簡単に倒していってさ……助かるんだという安心感の他に、絶対的強者を前にした畏怖《いふ》の気持ちも湧いてきたのを覚えてる。あの時の光景は一生忘れられないと思うよ」

「それは忘れられないですよね」

「ただ、その人が全力で戦うには僕達が邪魔だったんだろうね。戦いながら見向きもしないで片手を振ったと思ったら――気付いたらギルドの前に転移させられていたんだ」

「ほぇ～。戦いながら転移魔法まで使えちゃうなんて、凄いですね」

「本当に凄いよ。だけどね……その時、僕は見たんだ」

まるで内緒話をするようにカルセシュさんはこう言った。

――転移魔法を放つ時にこちらに向けた腕の手首に、『黒い数字』が描かれていたんだ。

「え……それって、もしかして」

「そう、Sランクよりも上の存在――冒険者の頂点に立つ『数字持《すうじも》ち』だよ」

『数字持ち』は伝説級の人達で、英雄とか勇者と言われる人達のことだ。

たしかギルドでもらったランクの説明が書かれた紙には、その凄まじい能力によって『悪魔《あくま》の化《け》身《しん》』とも囁《ささや》かれるとあった。

現在でもこの世界に数人だけいると言われているけど、その存在は全く知られていない。

本当に凄い確率の幸運のおかげで、今も生きているとカルセシュさんは笑う。

それからカルセシュさんは悩ましげな表情で口を開く。

「フェリスさんと斬り合いをしていた時、本当に最後……グレイシスさんがフェリスさんを止めるほんの一瞬に、あの時の感覚が蘇《よみがえ》ったんだ」

「あの時の……感覚？」

「絶対的強者に出会った時に感じる——畏怖の念だよ」

「それって……」

「僕は魔族の血が流れているからか、『直感』が当たるんだよね。そしてその直感が、僕をあの時助けてくれた人物は、フェリスさんだと言っているんだ」

「えぇっ⁉」

思わず大声が出てしまった。

フェリスさんが……伝説級の存在である『数字持ち』⁉

超絶守銭奴で、作る料理は凶器レベル、家でダラダラ過ごしてお酒を飲みすぎて二日酔いで屍になっていることも多い、あのフェリスさんが⁉

「で、でも！　長くフェリスさんと一緒にいますが、彼女の手首に数字なんて見たことないですよ」

「そりゃあ『数字持ち』にもなれば、『隠す』なんて簡単でしょ」

確かに、魔法で見えなくするなど朝飯前だろう。

「あ、そうですね。だけど……本当に『数字持ち』だとしたら、どうしてフェリスさんは隠しているのかな」

「んー……それは僕にも分からないけど、『数字持ち』だと知られたら、恐れの対象になることもあるから、隠しているのかもしれない。あるいは、強ければ強いほど、何かあれば頼られるし、駆り出されることも多くなるから、それが面倒って理由で隠している場合もあるかもね」

「あ～」

なんとなくだけど、フェリスさんは後者な気がする。

「ただ、『数字持ち』に関しては、僕も詳しくは知らないんだ。だから、もし気になるようなら、街の国立中央図書館へ行って調べるといいよ」

「分かりました、調べてみます！」

そんなふうにいろんな話をしていたら、あっという間にギルドに着いた。

今度はご飯でも一緒に食べましょうと約束して、僕はカルセシュさんと入り口近くで別れた。

掲示板から良さそうな依頼をいくつかピックアップして受付に持っていき、依頼を受けてギルドを出る。

依頼をこなす前に、先ほどカルセシュさんから教えてもらった国立中央図書館へ行ってみようと思い、街の外れの図書館へ足を向けた。

歩いて三十分くらいで着いたんだけど、初めて来る図書館の建物は日本で見た国会議事堂に凄く似ていた。

ドキドキしながら中に入ると、まるで高級ホテルのロビーのようなオシャレ感溢れる空間が広がっていて驚く。

外から見た時の印象よりも広い感じがするから、魔法で空間をいじっているのかもしれない。

こんなに広いと、目的の本を探すには時間がかかるな。

僕は辺りを見回しながら受付の所まで行くと、そこにいた職員に冒険者やランクについてが書かれた本を探していることを伝えた。

「かしこまりました。ただ、ギルドランクの資料はAランク以上の資格を持つ冒険者様しか閲覧《えつらん》出来ない決まりになっておりまして……」

「あ、僕、Aランク冒険者です」

受付の人に腕輪から取り出したギルドカードを渡すと、カードを確認した受付の人が「ありがとうございます」と言って返してくれた。

「それでは、資料があるところへご案内いたします」

「はい、お願いします」

受付の人の先導で、階段を上がって二階の廊下を歩き、一番奥の本棚へ通された。

「この手前の列から一番奥までが、お客様のお求めの資料がある棚となっております」

「ありがとうございます」

「では何かありましたら、お声がけ下さい」

受付の人が離れてから、僕は天井近くから床スレスレまである本棚を眺め、凄い数の本に圧倒されて口をぽかんと開ける。

ただ、『著名な冒険者名簿』とか『冒険者の能力一覧』とか『ランク』など、どこに何があるのか分かるように区切られているので、探しやすかった。

「え～と、ランク……『数字持ち』……あ、ここだな」

僕は『ランク』と書かれたところから数冊の本を抜き取ると、一人掛け用の椅子に移動して、そこでゆっくり読むことにした。


細かい文字を読み進め、いろんな本を見ていたら、数時間が経っていた。

「うわっ、思ってたより時間が経つのが早いな」

数冊の本を読み終わり、タブレットを取り出した僕は、時間を確認して驚いた。

持ってきた本を元の場所に戻し、図書館を出る。

歩いて帰っても良かったんだけど、時間がかかるから、魔道具を使ってハーネかライに迎えに来てもらうことにした。

すると、ライがすぐに来てくれた。

大きな体のままだと街の人を驚かせちゃって、警邏隊が駆けつける騒ぎになってもおかしくないので、小さい姿だ。

ずいぶん早かったが、僕のためにダッシュして駆け付けた！　とのこと。

愛《う》い奴め！

グリグリと頭を撫で、ご褒美《ほうび》にクッキーを『ショッピング』で購入して食べさせてあげた。

大きくなったライの背に乗って『暁』の家に帰ると、僕は部屋に直行して荷物の整理をした。

部屋を出て一階へ降りると、僕は居間のボードに「ダンジョンに行ってきます」と書き込んだ。

このボードは、皆の行動を把握するために、カオツさんが『暁』に来たタイミングでクルゥ君が作ってくれたものだ。

レーヌとエクエスは忙しいみたいだし、イーちゃんはお昼寝をしたいそうなので、彼らはお留守番。レーヌ達がいる『巣』にイーちゃんのお守《も》りをお願いして、ライとハーネと三人でダンジョンに向かった。

今回の依頼はAランクのものだけど、Bランクの時に討伐した魔獣がほとんどだ。ダンジョンも一人で行ったことのある所だった。

ダンジョンに入った僕は、今までと少し感覚が違っているのに気が付いた。Bランクの時よりアプリのレベルが上がっていたり、超絶役に立つ魔道具を持っていたりするおかげで、魔獣を弱く感じるのだ。

ハーネやライの能力が上がっているのかもしれないけど、一件目の依頼はすぐ片付いてしまった。

次の依頼は同じダンジョン内で魔法薬の材料を集めるものだったが、これも思ったより早く終わった。

『魔獣・魔草との会話』のおかげで、快く魔草が素材を分けてくれたからだ。

あっという間に全ての依頼を完了してしまった……

ハーネの背に乗ってギルドまで行き、依頼を完了したことを伝えて討伐した魔獣と、魔法薬の素材を提出する。

「えっ、もう終わったんですか⁉」

受付の人が目を丸くしていた。

確かに依頼を複数受けて、その日のうちに戻ってきたから、驚くのも無理はないか。

それから受付の人に手続してもらって、お金を受け取る。

今回はかなり早く依頼を終えたため、特別報酬があるということで、もらえるお金がかなりアップした！

思わぬ収入に僕はホクホクする。

報酬をギルドカードへの入金と手渡しに分けてもらい、家に帰る。

今日の夕食はちょっと豪華にしようかな～♪


『暁』の家の玄関を開けると、ちょうど外に出ようとしていたフェリスさんと鉢合わせした。

「あ、フェリスさん」

「ケント君、今帰り？」

「はい。ギルドの依頼を終えて戻りました。フェリスさんは温泉から帰ってきたばかりですよね？またこれからどこか行くんですか？」

「いやいや、温泉に入って綺麗にしたから、もうどこにも行かないわよ！　菜園でちょっと食べたいものを収穫してこようと思ってね」

「それなら僕が行きますよ」

「いーの、いーの！　ケント君はゆっくり休んでて」

そう言ってタタタッと走りはじめたフェリスさんだったが、思い出したように振り向いて僕を呼び止める。

「あっ、そうだ！　ねぇ、ケント君。もし明日予定が入っていなかったら、私と一緒にダンジョンに行かない？」

「フェリスさんと一緒にですか？」

「そう。依頼を受けたんだけど、それほど難しくない割にはいい報酬なのよ。なんでも魔法薬を調合する時に精度を上げる魔道具をもらえるらしくて」

「え！　行きたいです！」

「了解！　じゃあ明日の朝一番に出発するから、よろしくね」

「はい、お願いします！」

そんな魔道具が手に入れば、さらに魔法薬の売り上げがアップするんじゃないか！


明日を楽しみにしつつ、ハーネとライと一緒に部屋に戻り、ベッドにダイブする。

今日は夕食作りや掃除などがお休みの日だから、ここから自由時間だ。

ちなみに、『暁』で今まで家事全般を担当していたことでもらっていたお給料も、Aランクに昇格してから上がった。

そういうところはケチケチしないフェリスさんが大好きだ。

まったりベッドの上でゴロゴロしながら、図書館でも調べた『数字持ち』について考える。

『ショッピング』を開いて詳しく書かれている本を検索してみた。

「えーっと、『ランク・数字持ち』で検索してみて……っと」

いくつかヒットした。

ただ、そのうち五冊は図書館で見たのと同じものだった。

残り二冊を購入し、僕は早速本を手に取って調べることにした。

集中して読んでいたら、一時間以上が経っていた。

「う～……目の奥が痛い」

それに、こんなに真剣に本を読むなんて久々で疲れた。

眼精疲労に効く目薬のような魔法薬をさす。

すぅっと痛みが引いていき、霞《かす》んだ視界も良好になる。

今回本を読んで分かったのは、『数字持ち』は本当に強い人じゃないとなれないということ。

Sランクより上の『Sランク＋』であるギルドマスターでさえ、赤子の手を捻るくらい簡単に倒されてしまうらしい。

当然それほど強い人を国が放っておくわけがないし、自国に囲い込みたいと考えるだろう。

それがダメなら脅威となる存在と見なして、逆に消そうとするから、『数字持ち』が誕生しても、年齢や性別や容姿は秘匿《ひとく》されるようになったらしい。

そしてそのような人物は強いから、ギルドや国が直接依頼しても、気分次第で突っぱねることも出来る。数字の刻印をどこに入れるかも本人の自由なので、どの部分に入れているかは分からず、大抵は服で隠れる部分に入れているみたいだ。

たまに目立つところに入れる人物もいるが、その場合もたいていは魔法で隠しているらしい。

それと、『数字持ち』は規約というか制約みたいなもので、自分のランクをAランク以下の人に教えることが出来ない決まりになっている。

「もし、フェリスさんが『数字持ち』だった場合、僕達全員がSランクにならなければ、彼女は自分のランクのことを話せないのか」

僕は腕輪をタブレットに変え、『情報』を起動させる。

『暁』に入ってから、皆を『カメラ』で撮って『情報』で見てみたけど、他のメンバーはいろいろな情報を見られる一方で、フェリスさんだけは名前とエルフということ以外分からなかった。

それは今も変わらずだ。

「……全員がSランク……かぁ」

つい最近Aランク昇級試験を受け、死に物狂いで頑張った結果昇格出来たけど、それより遥かに難しいでしょ、絶対。

なかなか長い道のりになりそうである。

ちょっと頭が痛くなってきたから昼寝でもしようと、僕は目を閉じた。


翌日——

朝ご飯を食べ終えて、荷物の整理をして外に出ると、良く晴れた空が広がっていた。

気持ちいい朝だ。

「それじゃあケント君、行きましょうか」

「はい！」

フェリスさんが手を振り、移動魔法陣を地面に刻む。

金色の光が溢れるように僕達を包むと、次の瞬間には見知らぬ場所に立っていた。

「フェリスさん、今日はどんな依頼なんですか？」

「魔法薬に必要な素材の採取よ。基本は魔獣の一部なんだけど、特殊な魔草も必要らしいの」

「特殊？」

「『キキルテ』っていう魔草なんだけど、なんかいっつも変な鳴き声を出してて、その時の魔草の気分で必要な素材をくれることもあるし、逆に攻撃してくることもある変な奴なのよ。一般的な倒し方は魔法薬を使って眠らせて――効きが悪い個体がいる場合もあるから、ついでに縄で縛ってから弱点を攻撃する。もう一つのやり方は、魔草が攻撃してくる前に一撃で倒しちゃうって方法ね」

「へぇ～。ちなみにフェリスさんはどっちなんですか？」

「私は魔法薬も何も使わずにちゃちゃっと弱点を斬って倒しちゃうわ」

脳筋な解答だった。

でもそれが出来るなら、そっちの方が早く倒せそうだ。

『キキルテ』以外の魔獣の特徴も確認したけれど、何度か倒したことがあるものだから大丈夫だろう。

ハーネとライにも周囲を警戒してもらいつつ、僕達はダンジョン内の移動を開始した。

フェリスさんと二人きりでダンジョンに来るのは初めてだな～、と思いながら歩く。

最初は何とも思わなかったんだけど、どんどん時間が経つにつれて僕の顔は引《ひ》き攣《つ》っていった。

なぜかって？

それはフェリスさんが破壊行動をしながら進むからだ！

いつもパーテメンバーで行く時は、ラグラーさんがストッパー役をしているんだけど、今日は僕しかいないからなぁ。

「あの、フェリスさん？　ちょ、ちょっとそれは……」

僕は控えめに言うことしか出来ないから、フェリスさんは全然止まらない。

目に入った魔獣はスパパパッと斬っていくし、ちょっと強そうな魔獣が出たら火力マシマシな魔法をぶっ放すしで、周囲の景色が短時間でかなり変わる。

依頼の魔獣を倒す時にちゃんと素材部分を傷《いた》めないようにして倒したのだけが救いだ。

それより、僕がいる意味が今のところないのが悲しい。

「フェリスさんって本当に強いですよね」

魔獣を倒し、素材を袋に入れている時に話しかけた。

「まぁね～」

「ご友人にギルドマスターもいますし、あのSランク冒険者であるカルセシュさんをボコボコにしたんですから――もしかしてフェリスさん、Sランクなんですか？」

自然な感じで聞き出すなら今しかないと思い、僕は尋ねる。

「ふふふ、ケント君は私がSランクだと思う？」

「……そうですね、最低でもSランク。でも、あんなに強いカルセシュさんが畏怖の念を抱くぐらいだから、あるいは『数字持ち』じゃないかと思うんです」

「さぁー、どうかしらね？　チェイサーのようにギルドランクを持たなくてもSランク以上に強い人もいるし、知られていないだけで本当はSランクを持ってる人も、この世にはいっぱい存在するわよ？」

「……む」

確かにそう言われたらその通り。

それじゃあ、フェリスさんは世の中に知られていないSランク冒険者――ということになるのだろうか？

そう考えていると、彼女は笑う。

「でも、その考え方はいいわよ」

「え？」

「ふふ。私が言えるのはここまでかしらね」

「それって……」

それ以上は微笑むだけでフェリスさんは何も教えてくれなかった。

ただ、自分がSランクであるとも違うとも言わないということは、彼女が『数字持ち』である可能性もあるということだ。

それに「私が言えるのはここまで」という言葉も気になる。

『数字持ち』の人が周囲に話せないという制約とも一致するからだ。

楽しそうに破壊活動を再開したフェリスさんの後ろ姿を見ながら、僕はとあることを考え付いたのだけど――

「ちょっとフェリスさん！　やり過ぎですってば！」

「大丈夫大丈夫ぅ～」

「全然大丈夫じゃないですって！」

――脳筋の彼女を止めるのに必死で、それどころではなかったのであった。


それから数日後――

僕は皆のスケジュールを確認して、フェリスさんが一人でダンジョンに泊まりがけで潜る日を選び、他の『暁』のメンバーを集めた。

居間に集まった皆は、不思議そうな顔をしていた。

「え～、実は今日皆さんに集まっていただいたのは、フェリスさんについてお話があるからです」

僕がそう話し出した瞬間、ラグラーさんがソファーから立ち上がり両肩を掴んだ。

「ケント、もしかしてこの前フェリスと二人でダンジョンに行った時に、何かあったのか!?」

あまりの剣幕に僕がびっくりして固まっていると、ラグラーさんが話を続ける。

「猪突猛進《ちょとつもうしん》で脳筋バカなあいつのことだ、アホみたいにバカスカ魔法をぶっ放してケントに迷惑をかけたんじゃないのか？」

「いや、まぁ……そんな感じではありましたが」

「それでついにあいつに愛想《あいそ》をつかして、『暁』を抜けるなんて言うんじゃないだろうな!?」

「はぃ!?」

ラグラーさんの言葉に驚いていると、皆が「辞めないで！」と止めてきた。

いや、辞めないですよ!?

なんでそんな話になるんですか……

否定して皆を落ち着かせると、ようやく各々椅子に戻ってくれた。

それから、この前のカルセシュさんとの斬り合いの時に見せた強さや、先日フェリスさんと一緒にダンジョンに行った時のことを話した。そして、もしかしたらフェリスさんは『数字持ち』なんじゃないかという推測を口にする。

それから自分で調べた内容と、『数字持ち』が自分のランクを言えない制約があることも伝えた。

「フェリスが『数字持ち』？　……それは、さすがに違うんじゃないか？」

話を聞いたラグラーさんの第一声がこれだった。

皆も信じられないといった雰囲気だが、カオツさんだけは真面目に聞いてくれた。

「それはあり得る話だな。普段のフェリスの態度を見ていれば信じられないが……あの兄さんが本気を出しても全く勝てる気がしないって言っていたからな」

「カオツのお兄さんって、そんなに強いの？」

クルゥ君がカオツさんに、カルセシュさんがどれほど強いのか聞いた。

カオツさんは「俺が知ってる限り、あの人より強いSランク冒険者はほとんど見たことがない」と肩をすくめる。

「いたとしても、もうずっと表に出てきていない伝説みたいな奴さ」

「そっか〜」

「ケルヴィンさんやラグラーさんはフェリスさんと手合わせしたことはないんですか？」

そう聞くと、二人は首を横に振る。意外だ。

ケルヴィンさんは剣を持つと手加減出来ないから、ラグラーさん以外とはやらないと決めていたらしい。

今はカオツさんの実力も認めているので、彼とも剣術の稽古《けいこ》をしているけれど。

「アイツとは酒の飲み比べしか勝負したことがねぇー」

ラグラーさんは笑いながらそう言った。

そこで、カオツさんはふと何かに気付いたようにグレイシスさんを見た。

「グレイシスはどうなんだ？　お前が一番フェリスと長いじゃないか」

「え、私？」

テーブルに頬杖をついてこちらの話を黙って聞いていたグレイシスさんは、自分の名前を呼ばれてビクッと体を揺らす。

「ん～、そうね。一つ、フェリスについて分かっていることは……彼女がいれば……どんな困難な状況でも絶対に好転するの」

どんなに難しいダンジョンに行ったとしても、フェリスさんと一緒にいれば絶体絶命の状況に陥ることはないらしい。

「昔のフェリスを知っている私からすれば、今の彼女は何をするにしても手を抜いているように感じるわね」

「手を抜いてる……ですか？」

「えぇ。それこそ『暁』を組む前に私と二人で行動していた時のフェリスが持ってくる依頼は、信じられないほど強い魔獣や闇精霊、アンデッドを討伐するようなものばかりだったの。剣を握ったばかりの何も出来ない子供を連れて行くようなダンジョンじゃないわよ。お荷物以外の何物でもないんだから」

グレイシスさんはそう言いながら、でも――と続けた。

「そんな最高レベルに危険なダンジョンに連れて行かれても、子供の頃の私は怖いと思ったことがなかったのよね。クルゥが入って来た頃からそうでもなくなってきて、その分私がダンジョンで担う仕事も増えたわ」

グレイシスさんが懐かしそうに話す。

冒険者になった今だから僕にも分かるけど、危険なダンジョンに行ったら、どれほど強い冒険者と一緒にいたとしても、一度や二度は怖い思いをする。

恐怖心すら抱かないなんてありえない話なのだ。

以前僕もギルド職員のミリスティアさんとアリシアさん、それにリークさんと一緒にダンジョンに行ったことがあるけど、Sランク冒険者の彼らと行動を共にしていたから、とても心強かった。

でも、全く危険を感じなかったというわけではなかった。

彼らでも手出しが出来ないような凶暴な魔獣がいることを教えてもらったし、それらを見た時に冷や汗が出たりもした。

Sランク冒険者達の手厚い護衛を受けていても怖さを感じていたのに、グレイシスさんはそれが一切なかったと語る。その話を聞いて、やっぱりフェリスさんは普通の冒険者なんかじゃないと確信した。

他の皆も、これは本当にあり得るかも？　と頭の中で思っているんじゃないだろうか。

「はっ！　もしかして……」

突然クルゥ君が真剣な表情で口を開く。

「もしフェリスが『数字持ち』だった場合、ボク達全員がSランクにならなきゃ、フェリスはそのことを話せないんでしょ？」

「うん、そうだね」

「今回なんで急にボク達にAランク昇級試験を受けろ、と言うのか不思議に思ってたんだ。だって、お金を多く稼ぎたいなら、もっと早くからグレイシスやラグラー、ケルヴィンに試験を受けさせていてもおかしくないもんね」

クルゥ君の言葉に皆が確かにと頷く。

「やっぱり、ボク達のランクが上がったら、話したいと思っているんじゃないのかな……本当の自分のことを」

しゅんっとしながらそう言うクルゥ君の話を聞いたラグラーさんが、勢いよく立ち上がって皆の顔を見回す。

「だとしたら、真相を知るために……『Sランクパーティ』を目指さないか？」

所属する全員が『Sランク冒険者』というパーティはそれなりに存在するが、いずれも二、三人の少人数で構成されているものばかりで、僕達くらいの規模だとほぼ存在しない。

それほどSランクになるのは困難なのだ。

だけど、自分達のリーダーを制約から解放するためなら……やるしかないよね。

「うむ、どうせここまで来たなら、Sランクを目指すのも悪くない」

「そうよね、私達ならなれるわ」

ケルヴィンさんとグレイシスさんに続き、クルゥ君と僕が意気込む。

「ボク、頑張るっ！」

「僕も頑張ります！」

「お前ら、やる気があっていいねぇ～！」

ラグラーさんは嬉しそうに頷く中、カオツさんが僕とクルゥ君を見てニヤリと笑った。

「それじゃ、今日からお前らの特訓の量を倍にするか」

「え」

「ん？」

なんか、恐ろしい言葉が聞こえたけど……聞き間違いかな？

二人で現実逃避をしていると、長い溜息をついたカオツさんが、僕らに活を入れる。

「この中でお前らが一番弱ぇーんだ。Sランクになりたいんだろ？　だったら今日から死ぬ気で励め」

「はい」

「はぁ～い」

僕とクルゥ君が苦々しい顔で返事をする。

こうして、地獄の『暁』Sランクパーティ化計画がスタートしたのであった。


「むあぁぁぁ……もう、無理」

「指の、一本も動かせないぃ」

今日も今日とて師匠達に扱かれている僕ら。

Sランクを目指すと決めてから地獄の日々が始まったけど……全然体が慣れない。

過酷すぎて本当に何度も吐いたし、泣きも入ったけど、師匠達は全く手加減なんてしてくれなかった。

気絶したり倒れたりしたら、魔法薬でもなんでもぶっかけられて無理やり起こされ、特訓をしなきゃならない。

「ちょっと……なんで私達までこんな辛い特訓に巻き込まれなきゃならないのよっ！」

地面に座り込み、よろよろしながら立ち上がったクルゥ君の妹——クリスティアナちゃんが、グワッと目を見開いて叫ぶ。

そう、僕とクルゥ君が地獄の特訓を受けることになったと同時に、なぜか同じ稽古仲間のクリスティアナちゃんとクルゥ君のお兄さんのクインさんも一緒に受ける流れになっていた。

師匠達は、相手が女の子であろうと手加減なんて一切しなかった。

クリスティアナちゃんはそれに対してブチギレているけど、逃げずにちゃんと訓練に来ているから、偉いよね。

「……吐きそう」

一人だけ木にもたれかかりながらもなんとか立っているクインさんだが、膝は震えているし、手でみぞおち辺りを押さえていた。

「よ～し、そんじゃ魔法薬を飲んで体力を回復させたら、最後に十キロ走って今日は終了だ」

「はへぇー」

「は、ぃ」

「え～、走るの嫌いなんだけどぉー」

ラグラーさんの言葉でようやく終了だと思って喜んだけれど、ヘトヘトの僕とクルゥ君は声を出すのもやっとで、クリスティアナちゃんは不満を漏らした。

クインさんだけは「分かりました」と、キビキビと返事していた。

とはいえ、十キロ走るくらいは最近の特訓メニューを考えたら、優しいものだ。

と油断していたが――

「走っている最中、能力を使用したり魔法薬などで体力を回復したりするのは禁止だぞ」

その後にケルヴィンさんが言った言葉に、僕達は思わず非難の声を上げた。

「お前らなぁ……冒険者は体力があってこそ戦えるし、何かあったら逃げられる。魔法薬が使えない状況を想定して、もっと体力を付けろ」

カオツさんにそう言われたら口を閉ざすしかない。

「それじゃ、行くぞ」

体力を回復した僕達を見たカオツさんが、監視役として一緒に走ることになった。

本日最後の特訓——十キロマラソンが始まったんだけど、先頭を走るカオツさんの速度が思ったより速い。

最初は僕達四人同列で走っていたんだけど、最初にクルゥ君が遅れだした。

その次にクリスティアナちゃんが遅れる。

僕とクインさんはなんとか並んで走っていたんだけど、カオツさんからはかなり離れてしまっていた。

荒い息を吐きながら、かなり前を走るカオツさんを見る。

カオツさんは息も切れていないし汗もかいておらず、涼しい顔で走っている。

途中、僕達の状況を確認するように後ろを見つつ走っているけど、時々スピードを落としてくれているようだった。もうすぐ十キロという頃にはクルゥ君とクリスティアナちゃんとはかなり距離が開いてしまった。

僕とクインさんはお互い負けたくないという思いで走っていた。

「お前らそのまま走ってろよ」

前を走っていたカオツさんがクルリと方向転換をしたと思ったら、僕達の間を走り抜けながらそう言った。

走りながら後ろをチラリと見ると、死にそうな顔でトテトテと走っているクリスティアナちゃんとクルゥ君のところに向かったようだった。

たぶん、速く走らなくてもいいから歩くなって言っているのだろう。

脇腹を押さえながら歩きそうになっていたクルゥ君とクリスティアナちゃんの足の動きが、若干速くなったような……気がする。

それからカオツさんは凄い速さで戻って来ると、「おら、もう少しで終わるから頑張れ」と僕達を追い越しながら励ましてくれた。

カオツさんって見た目や喋り方は怖いけど、こういう優しいところもあるんだよね。

「はいぃぃ」

「がんば、りま、すぅ」

その後、僕とクインさん、それにクルゥ君とクリスティアナちゃんはなんとか十キロを走り抜けたんだけど、ゴールした時には屍と化していたのであった。

「はぁ〜……生き返るぅ」

夕ご飯を食べ終え、お風呂に入っている至福の時間である。

湯船につかり、両手で掬《すく》ったお湯を顔にバシャバシャとかけ、濡れた髪をオールバックにかき上げる。

「いてて、筋肉痛が辛い……後で魔法薬でも飲んでおこうかな」

腕を上げたり下げたりしていると痛むんだけど、ふと自分の腕を見て、最初の頃より筋肉が付いたことに気付く。

前は全体的にひょろっとした体付きだったが、グッと腕に力を入れると上腕二頭筋にコブが出来るようになってきたし、腹筋も割れてきた。

……なんかちょっといいかも。

そう思っていると、お風呂のドアが突然開いた。

「ケントー。そう言えばボク、さっき洗髪剤を使いきっちゃったのを忘れてたから持ってき……って何やってんの？」

「……え」

グッと力を入れてボディビルダーのようなポーズをしていたら、クルゥ君に見られた。

呆れたような顔で僕を見ている。

「いや、うん……持ってきてくれてありがとう」

「体を冷やすと風邪引くよ」

「……はい」

クルゥ君が出て行って一人になったお風呂場で、僕は羞恥心《しゅうちしん》でしばらく悶《もだ》えるのだった。


そしてそれから一年が経ち——

地獄の特訓にもだいぶ慣れてきた。

辛く感じることが少なくなってきたし、心身ともに成長を実感している。

倒れたり吐いたりしなくなったし、魔法薬を飲む回数が減り、剣術稽古ではカオツさんやラグラーさんから一本取ることが出来るようになった。

それに僕達三人の体付きもだいぶ変化してきたと思う。

今までのひょろっとした体付きが、かなりガッシリしてきた。

最近は体重はそんな変化してないのに、服のサイズが合わなくなって、買い替えることも増えた。

クリスティアナちゃんは筋肉が付きにくい体質らしくて、あまり変化はないけどね。

あの十キロマラソンも、今では皆同じ速さで走りきれるようになっている。

カオツさんにもそれほど離されないで走れているし、体力は一年前とは比較にならないほど増えていた。

目に見える変化があると、頑張れるんだなと思った。

今では、クインさんとクリスティアナちゃんもSランクを目指すことに決めていて、皆で切磋琢磨《せっさたくま》している。

それに、ここ最近はまた僕達子供だけで即席パーティを組んで、Aランクの依頼を受ける機会が増えた。

魔法薬師教会で会長をやっている僕の親友のデレル君は、Aランクになっていないのでさすがに呼べなかったけど、必要になりそうな魔法薬などを提供して助けてくれている。

僕達は使役獣もいるし、お互いいろんな能力を持っているので、受ける依頼は同じレベルのものばかりでなく、徐々に難しいものを選ぶようにしている。

使役獣やアプリのレベルを上げた僕と、同じく使役獣と異能を使うクルゥ君で周りの状況を確認し、対象の魔獣達を駆逐《くちく》する。

クインさんは僕達のグループで頭脳役を務めていて、僕とクルゥ君から受けた情報を元に指示を出してくれる。

そして、僕達の背後を護るように能力を使いながら戦い、襲ってくる魔獣をものともせずに倒すクリスティアナちゃん。

即席パーティとは思えない連携が出来上がっていた。

たまに兄弟喧嘩はあるものの、仲良くやっている方でしょ。

今日の依頼は『チャナ』という空魚《くうぎょ》——空中を泳ぐ魚の仲間で、見た目は巨大な鮫《さめ》の魔獣だ。

名前は可愛いけど、見た目や性格は全く可愛くない。

シャチくらいある巨体に目が数十個も二列に並んでいて、獰猛な性格で、目についた敵に突進して咬み千切ってくる。

それに自身や仲間の血の臭いを嗅いだ瞬間に暴走状態になるという傍迷惑《はためいわく》なやつである。

この『チャナ』を二百五十体討伐しなきゃならないけど、討伐対象は群れで空を泳いでいるのでそれほど難しくなさそうだ。

まずは僕とクルゥ君で連携し、ギュウギュウになりながら泳ぐ『チャナ』を分散させて、爆速で倒した。

その後ろから付いてくるクインさんとクリスティアナちゃんが、取りこぼした『チャナ』を倒す。

三兄弟の異能の力をあわせて、敵の動きを止めれば、戦いは本当に簡単になる。

二百体以上いた『チャナ』を、僕達は三十分もかからずに討伐することが出来た。

「……よし、それじゃあ袋に『チャナ』の背びれを入れたらギルドに戻ろう。反省会は師匠達との特訓が始まる前にしようか」

クインさんが的確に指示を出した。

「うん」

「分かった」

「はーい」

クルゥ君と僕、クリスティアナちゃんは、返事をしながらせっせと背びれをカットして袋に詰める。

全て詰め終えた僕らは、移動魔法陣を使ってギルドに戻った。

クインさんが受付に行っている最中、僕達はギルドの外で待っていたんだけど、ちょうどギルドにやって来たカルセシュさんに呼び止められた。

「久しぶりだねケント君、それにクルゥ君。元気にしてたかい？」

「はい」

「お久しぶりです、カルセシュさん」

カルセシュさんとクリスティアナちゃんは初めて会うから、それぞれ自己紹介していた。

クルゥ君に「ちょっとだけカルセシュさんと話してくるね」と言って、僕はその場から離れた。

周囲に誰もいない所を選び、タブレットでも人の気配がないことを確認して話を切り出す。

「カルセシュさん、以前フェリスさんのことでいろいろと話したじゃないですか」

「あぁ、覚えているよ」

「僕、あの後自分なりに調べてみたんです。そしたら、『数字持ち』はSランク以上の人にしか自分のランクを話せないって分かって……」

だから、『暁』の皆でSランクを目指すことにしたのだと言うと、カルセシュさんは凄く驚いたようだった。

「もしかして、弟も……カオツもSランクを目指すのかい？」

「え？　あ、はい。もちろんです」

「そうか……」

僕が頷くと、凄くホッとした表情をするからどうしたのかと首を傾げていると、カルセシュさんが語り出す。

「元々カオツはSランクの実力を持っていたんだけど、『龍の息吹』にいた仲間が全員Aランクに上がるまで、自分のことは後だと言って昇級試験を受けていなかったんだよ。それからはケント君も知っての通り『龍の息吹』が解散したのは自分の責任だと言って、何度僕が勧めても昇級試験を受けなかったんだ」

「……そうだったんですね」

「ケント君と出会ってから、カオツの人生は本当に変わったと思う。最初はケント君も嫌な思いをしたと思うけどね」

「いえ、そのことについてはちゃんと分かっていますから」

まぁ、あの時のカオツさんはめっちゃ嫌な感じだったけど、今の僕はどうしてあんなことをしたのか分かるから。

「たぶん、ケント君と再会して『暁』に入らなければ、昇級試験なんて受けなかったんじゃないかな。それも全て君のおかげだよ」

カルセシュさんがありがとうと頭を下げるので、「やめてくださいよぉ〜」と慌てる。

「ふふふ、それじゃあ、僕はそろそろギルドに行かなきゃならない時間だから」

「あ、はい！」

「それじゃあ、Sランク仲間になれる日を楽しみに待ってるよ」

手を振って歩き出すカルセシュさんに僕も手を振り返す。

カルセシュさんとSランク仲間……めっちゃ良い響きだ。

僕がSランクになったら、ルルカさんもウェルネスさんもゴルザスさんも、絶対に驚くだろうなぁ〜。

その時の顔を見てみたいと思いながら、僕も皆が待つ所へ急いで戻った。

「ねぇねぇ皆、今日特訓が終わったら夕食を食べていかない？　新しいデザートを作ったんだよね～」

「えぇっ、行きますわ！」

僕の提案に食い気味で答えるクリスティアナちゃんに、クルゥ君が呆れるように言う。

「お前、この前太ったから食べるのを控えるとか言ってなかった？」

「お兄様、デザートは別腹でしてよ」

「ケント君、それじゃあ今日もご馳走になろうかな」

クインさんが微笑んだ。

こうして皆で楽しく会話をしながら『暁』の家に戻ったのだった。


——それからさらに数年後。

「ありがとうございました。またのお越しをお待ちしております！」

「またよろしくお願いしまーす」

町にある美容室で髪を切ってもらった僕は、お姉さんにお礼を言って店を出る。

前髪を少し上げるようにセットしてもらって、視界がかなりサッパリした。

タブレットで時間を確認すると、ちょうどクルゥ君との待ち合わせ時間になりそうだったから、急いで集合場所に向かうことにした。

噴水広場に行くと、もうクルゥ君は到着していた。

待ち時間に本を読んでいたようで、僕が近付いて声をかけると、彼は本を閉じて腕輪の中に仕舞う。

「お待たっせ〜」

「別にそんなに待ってないよ。それより、どこに買いに行く？」

「ん〜、なんか最近身長がまた伸びたのか、ズボンが短くなってきたんだよね」

「それじゃあ、この近くの洋服屋に行ってみようか」

クルゥ君と一緒に、僕は服屋へ向かうことにした。

この世界に来てかなり時間が経ち——子供だった僕達も大人になった。

僕は身長がかなり伸びたし、だいぶ大人っぽい顔つきになったんじゃないかと思う。

クルゥ君は僕より身長は低いが、おかっぱ頭を卒業し、長い髪を結んでいる。

それに黒縁眼鏡からフチなしオシャレ眼鏡に変わり、綺麗な顔が今までよりさらによく見えるようになった。

めっちゃ頭が良さそう……っていうか、本当に頭がいい。

それから話は変わるが、数年お付き合いをしていた状態だったグレイシスさんとカオツさんの二人が、先月ついに婚約したのだ！

めでたい！　二人で同じ装飾品を着けていて、かなりアツアツなカップルだ。

結婚式をする時は僕がウェディングケーキを作りますと言っておいた。

ラグラーさんとケルヴィンさんは変わらずって感じかな？

たまに遊びにくるお兄さん達から逃げ回っていて、それにケルヴィンさんも巻き込まれている。

「お、このズボンとか、いいじゃん」

「ボクはこのストールを買おうかな」

「いい色だね。クルゥ君によく合ってると思うよ」

「そう？　それじゃあこれにしようかな」

二人とも希望の物を購入し、『暁』の家に戻ることにした。

家に帰ると、一階に皆がいて僕達を待っていたようだった。

「ただいまです」

「皆集まってどうしたの？　何かあった？」

クルゥ君が不思議そうに聞くと、フェリスさんがニッコリ笑いながら一枚の紙を掲げる。

「うふふ〜、めっちゃ高額報酬案件の依頼を受けてきたのよ。だからあんた達、これから二十分後に出発するから、ちゃっちゃと準備してらっしゃい！」

「また突然だね」

「何日くらい潜るんですか？」

「期限は決まっていないけど、早く終われば終わるほど報酬が多くなるわ」

だからサッサと荷物をまとめて、外に集合だと言われた。

どうやら大人組はもう準備が終わっているようだった。

僕達は慌てて二階に駆け上がり、部屋に入って必要になりそうな物を腕輪に入れていく。

荷物をまとめながら、僕はこの世界に来てからの出来事を思い出していた。

突然この世界にやって来て、右も左も分からない状態で途方に暮れていたところを、アッギスさんに助けてもらった。

アッギスさんとの出会いがなかったら、今の僕はなかったと言える。

それから『龍の息吹』でカルセシュさんやカオツさんと出会い、ちょっとしたトラブルでパーティを抜けた。

『龍の息吹』を出て一人で頑張ろうとしていたところで、フェリスさんから依頼を受けたのが、本当の始まりだ。

そこからとんとん拍子《びょうし》で『暁』に入ることになり、大切な仲間が出来た。

ラグラーさんやケルヴィンさんが攫《さら》われたり、クインさんやクリスティアナちゃん、ギルドの職員の人々と出会ったり、交友関係は一気に広がった。

デレル君やチェイサーさん、その他にもいろんな人との出会いがあって、今の僕がある。

《ままー》

「お、イーちゃん」

肩にピョンッと乗ってきたイーちゃんのふわふわな毛を撫でる。

出会ってから今まで、イーちゃんはずっと小さいままだった。

アプリのレベルをけっこう上げているけど、それでもイーちゃんは進化しなかった。

もしかしたら、イーちゃんはまだ世の中には知られていない魔獣で、進化したらめちゃくちゃ強い個体になる——のかもしれない。

楽しみなような、ちょっと怖いような……

「準備はこれくらいでいいでしょ」

必要なものを全て腕輪に入れて廊下に出ると、ちょうどクルゥ君も出てきたところだった。

「よし、行こうか」

「うん」

一階に下りると、もう皆外に出ていた。

そこには僕達の使役獣達も待っていた。

あれからさらに進化して成長したハーネ、ライ、レーヌ、エクエスが僕を見て嬉しそうに近寄ってくる。

そして僕の側に来るといつもの小さな姿に変身して、肩に乗ったり腕に巻き付いたりする。

《フェリス、これから強い魔獣倒しに行くって言ってた！》

《楽しみ！》

《双王様のお力になれるよう、頑張ります！》

《お前達、もう少し小さな声で喋らないか。耳が痛い》

うん、こういうのは成長しても変わんないんだよねぇ～。

「さぁ、あんた達、準備はいいわね？」

フェリスさんが確認してきた。

彼女は転移魔法陣が刻印された紙をひらひらさせてニヤリと笑った。

「Sランクパーティ『暁』となって、初めての依頼を開始するわよ」

そう、今年で僕達は全員がSランクになり、パーティもSランクに昇格出来たのだ。

めちゃくちゃ長い道のりでした、はい。

死にそうになったのだって一度や二度じゃない。

両手で数えても足りないくらいだ。

それでも、Sランクになるために頑張ってきた。

それは僕達のリーダーが持つ制約を解くためだ。

「それじゃあ、まだ誰も攻略したことがないダンジョンを制覇《せいは》して——大金をガッポリ儲けるわよー！」

そう言いながら、フェリスさんが転移魔法陣を発動させた。

◇　◇　◇

——後に、『数字持ち』が率いるSランクパーティ『暁』は、最高難易度のダンジョンをほとんどすべて制覇する初めてのパーティとなった。

そして、それぞれのメンバー全員が歴史に名を残し、『暁』という名は全世界に広く知られることになったのだった。

チートなタブレットを持って快適異世界生活
1〜3
COMFORTABLE LIFE IN ANOTHER WORLD WITH CHEAT TABLETS
原作 ちびすけ
漫画 宝乃あいらんど
コミックス好評発売中!
タブレットを駆使して異世界を大満喫!!
どこにでもいる平凡な青年・山崎《ヤマザキ》健《ケン》斗《ト》は、気がつくとタブレットを持ったまま異世界転生していた! タブレットのアプリを駆使して異世界を生きていくケント。やがて彼が辿り着いたのは、個性豊かなメンバーが揃う冒険者パーティ『暁』だった——。タブレットのおかげで家事にサポートに大活躍! 仲間に愛され&快適異世界ライフここに開幕!!
◎B6判 ◎各定価:748円(10%税込)
Webにて好評連載中! アルファポリス 漫画 検索

異世界ゆるり紀行
子育てしながら冒険者します
1~15
水無月静琉
Minazuki Shizuru
シリーズ累計110万部（電子含む）突破!!
2024年待望のTVアニメ化!
1~15巻好評発売中!
コミックス1~8巻好評発売中!
異世界ゆるり紀行 子育てしながら冒険者します
水無月静琉
転生したら、双子を保護しました。
子連れ冒険者ののんびりファンタジー!
神様のミスで命を落とし、転生した茅野巧。様々なスキルを授かり異世界に送られると、そこは魔物が蠢く森の中だった。タクミはその森で双子と思しき幼い男女の子供を発見し、アレン、エレナと名づけて保護する。アレンとエレナの成長を見守りながらの、のんびり冒険者生活がスタートする!
異世界ゆるり紀行 子育てしながら冒険者します
水無月静琉
みずなともみ
転生したら、幼い双子を保護しました。
◉各定価：1320円（10%税込）◉Illustration：やまかわ　◉漫画：みずなともみ　B6判 ◉各定価：748円（10%税込）